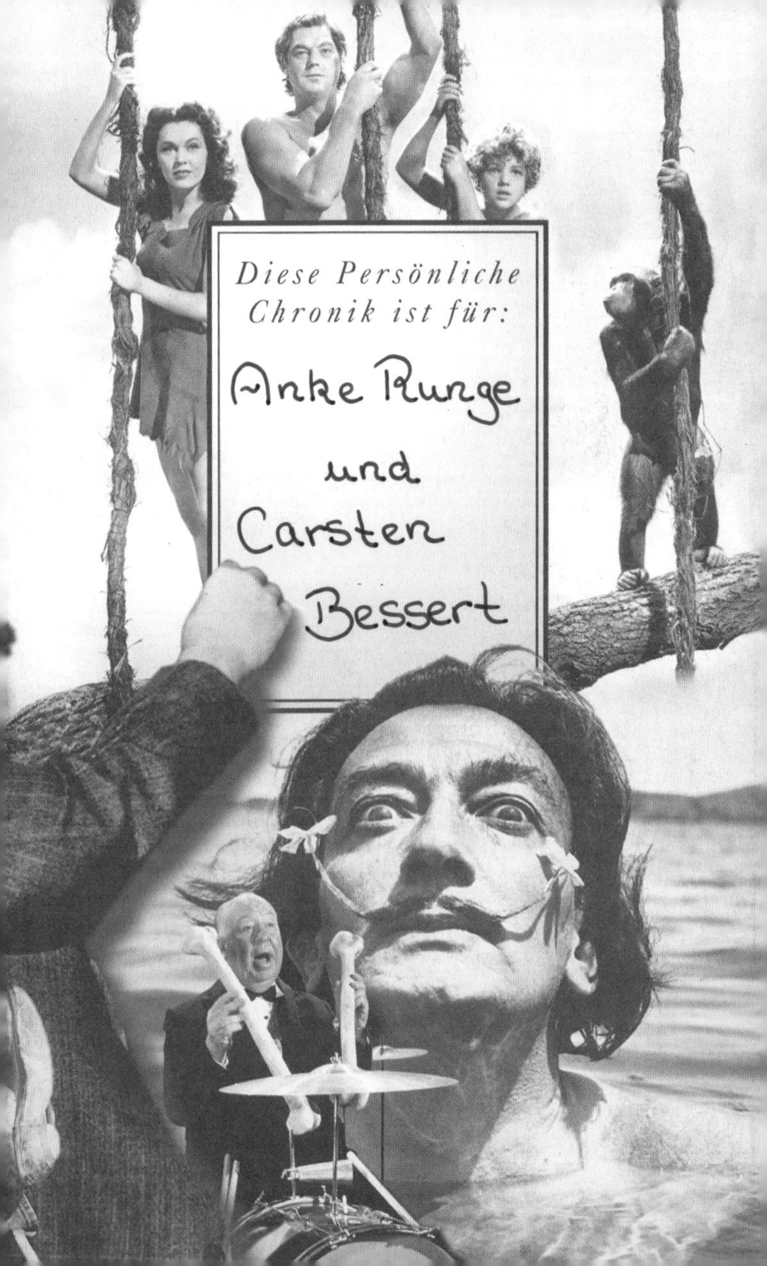
Diese Persönliche
Chronik ist für:
Anke Runge
und
Carsten
Bessert

Das Buch vom

25. Juni

Ein ganz besonderer Tag

... ein ganz besonderer Tag

Im Altertum war der Juni der Jupiter-Gattin Juno geweiht, der Göttin der Ehe, der Geburt und der Familie. Nach Caesars Kalenderreform im Jahr 46 v. Chr. wurde aus dem vierten Monat der sechste Monat, der statt 29 nunmehr 30 Tage umfaßt. In den Juni fällt der Sommeranfang (am 21.) und in aller Regel das Fronleichnamsfest. Die Monatsblume des Juni ist die Rose.
Der immerwährende Kalender verzeichnet für den 25. Juni die Namenspatrone Burchard, Doris, Eleonore und Gohard.
Der 25. Juni war schon immer ein Tag großer Ereignisse und Geburtstag wichtiger Personen:

1530 stellte der Reformator Philipp Melanchthon mit der »Confessio Augustana« in Augsburg das Glaubensbekenntnis der Protestanten vor.
1876 errangen die Sioux-Indianer am Little-Bighorn ihren letzten großen Sieg gegen die Weißen.
1950 lösten nordkoreanische Truppen am 38. Breitengrad den Korea-Krieg aus.

Der Autor des düsteren Zukunftsromans »1984«, der Engländer George Orwell, wurde 1903 geboren, 1926 die österreichische Lyrikerin und Erzählerin Ingeborg Bachmann.

Im Zeichen des Krebses

22. Juni bis 22. Juli

Der 25. Juni fällt in die erste Krebs-Dekade. Diesem Sternzeichen ist in der Astrologie wie den Fischen und dem Skorpion das Element Wasser zugeordnet.

Unter dem Tierkreiszeichen Krebs Geborene sind introvertierte Menschen, die sich stärker vom Gefühl als vom Verstand leiten lassen. Zwar verfolgen sie im Leben bedächtig ihr Ziel, doch erreichen sie es nicht selten erst über Um- und Irrwege.

Mit ihrem Beschützerinstinkt neigen Krebse zu sozialen Berufen, bei denen sie anderen helfen und Not lindern können. Die Ablehnung von Normen und Regeln läßt sie häufig auch freie Tätigkeiten ergreifen, insbesondere künstlerische Berufe, bei denen sie ihr sicheres inneres Gespür einsetzen können. Typischer Krebs-Mensch war in dieser Hinsicht der spanische Architekt Antoni Gaudí, der mit seinen eigenwilligen, mehrere Stile verschmelzenden Bauten das Stadtbild der spanischen Metropole Barcelona prägte. Gaudí wurde am 25. Juni 1852 geboren. Krebs-Geborene sind zudem der Vergangenheit verhaftet, was sie zur Beschäftigung mit Geschichte und Archäologie bewegt.

Negativ wirken sich die starken Gefühlsschwankungen aus, zu denen sie neigen. Krebse wirken deshalb auf ihre Umwelt nicht selten launisch.

1900–1909

Highlights des Jahrzehnts

1900

- Weltausstellung in Paris
- Niederschlagung des Boxeraufstandes in China
- Uraufführung der Oper »Tosca« von Giacomo Puccini in Rom
- Probefahrt des ersten Zeppelins »LZ 1«

1901

- Die britische Königin Victoria stirbt
- Erste Nobelpreise verliehen
- Thomas Mann veröffentlicht die »Buddenbrooks«
- Mordattentat auf US-Präsident McKinley, Theodore Roosevelt wird Nachfolger

1902

- Beendigung des Burenkrieges in Südafrika
- Krönung Eduards VII. zum König von Großbritannien
- Inbetriebnahme der Transsibirischen Eisenbahn
- Kunstströmung »Jugendstil« auf dem Höhepunkt

1903

- Serbischer König Alexander I. ermordet
- Erste Tour de France
- Erster Motorflug der Brüder Wright
- Kampf der Suffragetten um das Frauenwahlrecht
- Margarethe Steiff präsentiert den »Teddy-Bären«

1904

- Hereroaufstand in Deutsch-Südwestafrika
- Beginn des Russisch-Japanischen Krieges
- Arthur Korn gelingt die erste Bildtelegraphie

1905

- Petersburger »Blutsonntag«
- Tangerbesuch Wilhelms II. führt zur Ersten Marokkokrise
- Albert Einstein entwickelt »Spezielle Relativitätstheorie«
- Künstlergemeinschaft »Die Brücke« wird gegründet

1906

- Revolutionäre Unruhen und erstes Parlament in Rußland
- Roald Amundsen duchfährt die Nordwestpassage
- Dreyfus-Affäre beigelegt
- Erdbeben verwüstet San Francisco

1907

- Pablo Picasso malt »Les Demoiselles d'Avignon« und begründet den Kubismus
- Erste Farbfotografien von Louis Jean Lumière

1908

- Ford baut Modell T (»Tin Lizzy«)
- Österreich-Ungarn annektiert Bosnien und Herzegowina
- Durchbruch der olympischen Idee bei Spielen in London
- 30 000 Jahre alte Statuette (Venus von Willendorf) gefunden

1909

- Robert E. Peary erreicht als erster Mensch den Nordpol
- Louis Blériot überfliegt den Ärmelkanal
- Unruhen in Persien: Schah Mohammed Ali dankt ab

◀ **Auf der Jagd nach Reichtum und Glück: Goldsucher in Alaska (1901)**

Montag 25. Juni

Politik

An Bord seiner Yacht »Hohenzollern« erläßt der deutsche Kaiser Wilhelm II. in Kiel zwei Kabinettsordres über die Bildung eines Expeditionskorps nach China. Das Deutsche Reich reagiert damit auch militärisch auf die Ermordung des deutschen Gesandten Klemens Freiherr von Ketteler, der am 20. Juni Opfer der fremden- und christenfeindlichen »Boxer«, einer chinesischen Geheimgesellschaft, wurde. Der Diplomat wurde auf offener Straße in seiner Trage erschossen.

Gesellschaft

Die »Lex Heinze«, eine Novelle zum deutschen Strafgesetzbuch, die Strafbestimmungen für Sittlichkeitsverbrechen wie Kuppelei und Zuhälterei erweitert und ergänzt, tritt in Kraft. Der umstrittene Gesetzesentwurf war am 22. Mai vom Deutschen Reichstag in Berlin angenommen worden.

Wetter

Regnerisch und warm ist der Juni 1900. Es fallen 102 mm Niederschlag, 40 mm mehr als im langjährigen Mittel. Im monatlichen Durchschnitt klettert das Thermometer auf 18,0 °C - 1,5 °C höher als der langjährige Mittelwert. Insbesondere für Landwirte und Kleingärtner ist das feucht-warme Klima ideal.

1901

Dienstag 25. Juni

Politik

Nach Angaben ihres Aufsichtsrats muß die Leipziger Bank ihre Zahlungen einstellen. Der Zusammenbruch des bedeutenden Kreditinstitutes zieht eine Reihe von Konkursen nach sich und führt zu einer schweren Wirtschafts- und Regierungskrise in Sachsen. Die Zahlungsunfähigkeit hängt vor allem mit dem finanziellen Engagement bei der Kasseler Aktiengesellschaft für Trebertrocknung zusammen, die zahlreiche, meist unrentable Einzelunternehmen gegründet hatte.

Sport

Die Kieler Woche segelt unter Beteiligung von Kaiser Wilhelm II. ihrem Ende zu. Höhepunkt ist die mehrtägige Regatta der Sonderklasse um den Kaiser-Preis. Die französische Jacht »Arcachon« startet am besten, doch mit zwei Tagessiegen hält die »Wannsee« den Ehrenpokal schließlich im Lande. Im Beiprogramm wird ein Denkmal für den Großen Kurfürsten Friedrich Wilhelm eingeweiht.

Wetter

Warme Temperaturen und wenig Regen charakterisieren den Juni 1901. Mit im Durchschnitt 17,7 °C liegt die Temperatur in dem Bilderbuch-Juni um 1,2 °C höher als der langjährige Mittelwert.

Mittwoch 25. Juni

Politik

Zu heftigen Kämpfen kommt es in Haiti zwischen den rivalisierenden politischen Gruppen des gegenwärtigen Präsidenten Boisrond Canal und den Anhängern von Alexis Nord. In den Konflikt mischt sich am 8. September auch die kaiserliche Marine des Deutschen Reichs ein: Das Kanonenboot »Panther« versenkt vor dem Hafen Gonaives der Antillen-Republik das haitianische Schiff »Crête à Pierrot«, dessen Kapitän sich angeblich respektlos gegenüber der Besatzung des Hamburger Dampfers »Marcomannia« verhalten hatte.

»Linie ohne Bauch«: Das Korsett, ein modisches Muß für die elegante Frau

Politik

Nach der Ablehnung der von der Regierung ausgearbeiteten Wahlrechtsvorlage durch das Parlament tritt der schwedische Ministerpräsident Friedrich Wilhelm Freiherr von Otter zurück. Seine Nachfolge übernimmt Gustav Boström.

Wetter

Überdurchschnittlich warm ist es im Juni 1902. Die mittlere Lufttemperatur liegt bei 17,6 °C.

Donnerstag 25. Juni

Politik

Die griechische Regierung unter Theodoros Delijannis tritt in Athen zurück, nachdem ihr nur eine knappe Parlamentsmehrheit das Vertrauen ausgesprochen hatte. Die Bildung des neuen Kabinetts übernimmt Georgios Theotokis. Delijannis war mit seinen Reformvorschlägen im Parlament gescheitert, so daß die Demission des seit Dezember 1902 amtierenden Politikers nicht überrascht.

Sport

Die internationale Presse berichtet über die am Vortag eröffnete Kieler Woche. Anläßlich der Eröffnung hatte Kaiser Wilhelm II. ein Diner an Bord seiner Yacht »Hohenzollern« gegeben. Höhepunkt der diesjährigen Segelveranstaltung ist der Besuch des im Mittelmeer stationierten Geschwaders der US-Marine.

Gute Figur in Sakkoanzug und Wettermantel: Die Mode für den Herrn

Wetter

Regenarm und warm: Der Juni 1903 zeigt sich mit einer Durchschnittstemperatur von 17 °C von seiner schönen Seite. Mit 33,2 mm Niederschlag wird der Mittelwert von 62 mm klar unterschritten.

1904

Samstag 25. Juni

Kultur

Ein neues Goethe-Denkmal schmückt in Rom den Park der Villa Borghese. Das acht Meter hohe Monument nach einem Entwurf von Gustav Eberlein ist ein Geschenk Wilhelms II. an die Stadt Rom.

Preise in den Jahren 1900–1909

1 kg Butter	2,46
1 kg Mehl	0,35
1 kg Fleisch	1,55
1 Ei	1,05
1 l Vollmilch	1,00
10 kg Kartoffeln	0,65

in Mark, Stand 1905

Gesellschaft

Die Generalversammlung der Deutschen Bank beschließt eine Erhöhung des Aktienkapitals auf 180 Mio. Mark. Die Deutsche Bank und die Dresdner Bank verstärken damit ihren wirtschaftlichen Einfluß. Innerhalb der deutschen Wirtschaft war es zu einer vermehrten Konzentration der Branchen gekommen. Immer mehr Unternehmen werden mittlerweile von den Geldinstituten beherrscht. Aber es gab auch Rückschläge: Bedingt durch den Ausbruch des Russisch-Japanischen Krieges im Februar war es an den Börsen zu Kursstürzen gekommen.

Wetter

Sonnenhungrige kommen im Juni 1904 auf ihre Kosten. Die mittlere Temperatur liegt mit 17,2 °C über dem Schnitt. Nur stellenweise fällt Regen.

Sonntag 25. Juni

Gesellschaft

Während eines Kavalleriemanövers bei Lyon stoßen zwei Eskadrons zusammen. Eine Eskadron ist seit dem 18. Jahrhundert die kleinste taktische Einheit der Kavallerie. Der Begriff wird in Deutschland 1935 durch die eingedeutschte Bezeichnung »Schwadron« ersetzt. Bei dem Manöver kommt ein Unteroffizier ums Leben.

Sport

Die österreichische Stute Patience gewinnt das deutsche Galoppderby. Das »Wunderpferd«, das alle deutschen Konkurrenten in den Schatten stellt, gewinnt auf der Rennbahn am Horner Moor überlegen das zum 22. Mal ausgetragene Galoppderby. Der aus deutscher Zucht stammende Mitfavorit Festino wird auf der Zielgerade von Patience mit zweieinhalb Längen distanziert. Das Rennen diente als Test: Der Auftritt sollte entscheiden, ob die deutsche oder die österreichisch-ungarische Pferdezucht von besserer Qualität sei.

Wetter

Heiß und regnerisch ist der Juni 1905. Mit 20 °C liegt die mittlere Temperatur deutlich über dem Durchschnitt. Eine Hitzewelle strapaziert Mensch und Tier. Gewitter richten Ernteschäden an.

Montag 25. Juni

Politik

Kaiser Franz Joseph I. von Österreich richtet einen Appell zu nationaler Verständigung an Tschechen und Deutsche. Die Donaumonarchie wird zur Zeit nicht nur in Böhmen von Konflikten erschüttert, auch zwischen Österreich und Ungarn bestehen Spannungen. Am 19. Februar hatte der Kaiser den Reichstag in Budapest aufgelöst, weil Verhandlungen mit dem Oppositionsführer Gyula Graf Andrássy ergebnislos verlaufen waren.

Politik

Österreichische Abgeordnete in Wien diskutieren seit vier Tagen über die Außenpolitik Österreich-Ungarns. Zahlreiche Delegierte fordern eine Auflösung des Dreierbundes, durch den das Deutsche Reich auch Österreich-Ungarn zum Gehilfen seiner imperialistischen Pläne mache. Um zu beweisen, daß die Dreibundpartner fest zusammenstehen, richteten die Kaiser Wilhelm II. und Franz Joseph I. ein gemeinsames Telegramm an den Dritten im Bunde, Italiens König Viktor Emanuel III.

Wetter

Leicht überdurchschnittlich sind die Temperaturen im Juni 1906. Mit 17,1 °C liegt der Mittelwert um 0,6 °C über dem langjährigen Schnitt von 16,5 °C.

Dienstag 25. Juni

Gesellschaft

Gegen den Opiumgenuß geht der chinesische Kaiser mit drastischen Gesetzen vor. Ein Erlaß gebietet die strenge Durchführung des Opiumedikts aus dem Jahr 1906. Ziel dieser Anordnung ist, daß nach zehn Jahren im Reich der Mitte kein Opium mehr angebaut, eingeführt oder geraucht werden darf. Personen, die das Rauschmittel konsumieren, müssen sich registrieren lassen.

Politik

Das österreichische Abgeordnetenhaus, in dem die Sozialdemokraten stärkste Fraktion sind, wählt den Christlichsozialen Richard Weiskirchner zum Präsidenten.

Gesellschaft

Bei einem Überfall auf die Reichsbankfiliale in Tiflis erbeutet der russische Bolschewik Josef W. Stalin einen Betrag von 250 000 Rubel.

Stars der Jahre 1900–1909

Isadora Duncan
Tänzerin
Gustav Mahler
Komponist /Dirigent
Anna Pawlowa
Tänzerin
Sarah Bernhardt
Schauspielerin
Orville /Wilbur Wright
Flieger

Wetter

Mittelmäßig präsentiert sich der Juni 1907. Die Temperatur liegt im Durchschnitt bei 16,9 °C.

Donnerstag 25. Juni

Gesellschaft

Zu Ehren des Kaisers findet in Hamburg ein Fest auf der Alster statt. In seiner Dankesrede spricht Wilhelm II. die Hoffnung aus, der Hamburger Handel möge sich »unter dem Schutze eines ehrenhaft bewahrten Friedens«, für den Armee und Marine bürgten, positiv weiterentwickeln.

Gesellschaft

Die Robert-Koch-Stiftung zur Bekämpfung der Tuberkulose in Berlin erhält die landesherrliche Genehmigung. Die Stiftung wird von dem Bakteriologen Koch selbst geleitet.

Gesellschaft

Bei Lüderitzbucht in der Kolonie Deutsch-Südwestafrika wird ein Diamantenfeld von 15 km Ausdehnung erschlossen. Es liegt jeweils zur Hälfte auf Regierungsgebiet und auf dem Land der Kolonialgesellschaft.

Rekorde 1900–1909

400 m: Maxey Long (USA) – 47,8 sec (1900)
Weitsprung: Peter O' Connor (IRL) – 7,61 m (1901)
Stabhochsprung: Walter Dray (USA) – 3,90 m (1908)
Kugelstoßen: R. Rose (USA) – 15,56 m (1909)

Wetter

Ein trockener Monat mit nur 8 mm Niederschlag macht im Juni 1908 Regenschirme völlig überflüssig.

Freitag 25. Juni

Politik

Russische Streitkräfte besetzen die persische Ortschaft Ensili am Südufer des Kaspischen Meeres. Die Regierung in St. Petersburg hatte die europäischen Mächte bereits am 23. April in einer Zirkulardepesche über die Entsendung russischer Streitkräfte nach Persien informiert. Die Militärintervention wurde mit den bürgerkriegsähnlichen Unruhen in Persien begründet, die auch ausländische Einrichtungen gefährden.

Gesellschaft

Bei einer Schlagwetterexplosion in einem Kohlenbergwerk nahe der ungarischen Stadt Györ kommen sieben Bergleute ums Leben. Zu Unfällen dieser Art kommt es immer wieder: Eine Schlagwetterexplosion ist eine Explosion von Methan-Luft-Gemischen bzw. Grubengas in einem Kohlebergwerk, die durch Funken, Flammen oder vielleicht auch durch die Explosion von Sprengstoffen bei der Schießarbeit ausgelöst wird.

Wetter

Der schöne Sommermonat mit durchschnittlichen Temperaturen und Niederschlägen lädt zu Spaziergängen ein. Im Juni 1909 liegt die mittlere Temperatur bei 16,7 °C, die Regenmenge bei 62 mm.

1910–1919

Highlights des Jahrzehnts

1910

- Georg V. wird nach dem Tod Eduards VII. britischer König
- Der Halleysche Komet passiert die Erde
- Bürgerliche Revolution beendet Monarchie in Portugal
- Wassily Kandinsky begründet die abstrakte Malerei
- Sieg des Schwarzen Jack Johnson bei Box-WM

1911

- Bürgerkrieg in Mexiko
- »Panthersprung nach Agadir« löst Zweite Marokkokrise aus
- Militärputsch leitet chinesische Revolution ein
- Roald Amundsen gewinnt den Wettlauf zum Südpol

1912

- Erster Balkankrieg
- Woodrow Wilson wird 28. US-Präsident
- Untergang der »Titanic«
- Büste der ägyptischen Königin Nofretete gefunden

1913

- Zweiter Balkankrieg
- Niels Bohr entwirft neues Atommodell
- Größter Bahnhof der Welt (Grand Central Station) in New York eingeweiht

1914

- Österreichs Thronfolger in Sarajevo ermordet
- Ausbruch des Ersten Weltkrieges
- Eröffnung des Panamakanals

1915

- Stellungskrieg im Westen
- Beginn der Ostoffensive
- Charlie Chaplin wird mit »Der Tramp« Star des US-Kinos
- Versenkung der »Lusitania« durch ein deutsches U-Boot

1916

- Schlacht um Verdun
- Osteraufstand in Irland niedergeschlagen
- Seeschlacht vor dem Skagerrak
- Der österreichische Kaiser Franz Joseph I. stirbt
- Rasputin ermordet

1917

- Beginn des uneingeschränkten U-Boot-Krieges
- Zar Nikolaus II. dankt ab
- Oktoberrevolution in Rußland

1918

- US-Präsident Wilson verkündet 14-Punkte-Programm zur Beendigung des Krieges
- Russische Zarenfamilie ermordet
- Waffenstillstand von Compiègne beendet Ersten Weltkrieg
- Novemberrevolution: Kaiser Wilhelm II. dankt ab, Philipp Scheidemann ruft die deutsche Republik aus

1919

- Spartakusaufstand niedergeschlagen
- Rosa Luxemburg und Karl Liebknecht ermordet
- Friedrich Ebert erster Reichspräsident
- Versailler Vertrag

◀ Im Kampf gegen widrige Verhältnisse: Charlie Chaplin als »Tramp« (1915)

Samstag 25. Juni

Politik

In der Thronrede zur Eröffnung des neugewählten ungarischen Reichstags in der Ofener Königsburg kündigt der österreichische Kaiser und ungarische König Franz Joseph I. einen Gesetzentwurf »auf Grund des allgemeinen Wahlrechts« an, »der bei voller Wahrung des einheitlichen nationalen Charakters des ungarischen Staates den Ansprüchen der demokratischen Entwicklung entsprechen wird.«

Kultur

Das Ballett »Der Feuervogel« von Michail M. Fokin wird im Théâtre National de l'Opéra in Paris durch Sergei Diaghilews »Balletts Russes« uraufgeführt. Die Musik komponierte der Russe Igor Strawinski, der bisher kaum bekannt ist. Mit sicherem Bühneninstinkt schuf er eine orchestral glänzende Musik zum Szenario Fokins. Der »Feuervogel« entwickelt sich zu einem der beliebtesten Ballette. Am 4. Juni wurde im gleichen Theater bereits Dhiaghilews Ballett »Scheherazade« uraufgeführt.

Wetter

Durchschnittlich fast 20 °C zeigt die Quecksilbersäule im Juni 1910. Der Mittelwert für diesen Monat liegt bei 16,5 °C. Regenmengen von 55 mm tragen zu einem schönen Sommermonat bei.

Sonntag 25. Juni

Gesellschaft

»Die Krone ist viel ihm viel zu groß« -das ist die Meinung des in Frankreich erscheinenden satirischen Blattes »L'Assiette au Beurre«, das sich in seiner aktuellen Ausgabe mit der Krönung des britischen Königs Georg V. auseinandersetzt, dem die neue Machtposition nicht in vollem Umfang zugetraut wird. Das neue Königspaar Großbritanniens, Georg V. und Mary, wurde am 22. Juni in der Westminster Abbey in London gekrönt.

Preise in den Jahren 1910–1919

1 kg Butter	2,74
1 kg Mehl	1,90
1 kg Fleisch	3,00
1 Ei	0,13
1 l Vollmilch	0,25
10 kg Kartoffeln	3,30
Stundenlohn	0,66

in Mark, Stand 1913

Sport

Ganz im Zeichen der Pferde steht dieser Sonntag: Das Galopp-Derby in Hamburg-Horn endet mit dem Sieg eines österreichischen Pferdes, Baron Springers Fuchshengst »Chilperic«. Den Grand Prix von Paris, das höchstdotierte Rennen der Welt, gewinnt »As d'Atout« aus dem Stall des Marquis de Ganay.

Wetter

Geringe Niederschläge prägen den Juni 1911. Nur 27 mm Regen messen die Meteorologen. Der Durchschnittswert liegt bei 62 mm.

Dienstag 25. Juni

Politik

Mit einer Massendesertation wird die türkische Regierung konfrontiert. Von den türkischen Regierungstruppen, die gegen die aufständischen Albaner eingesetzt werden sollen, ziehen 19 Offiziere und 225 Soldaten die Desertation dem Aufruf zum Kampf vor. Nach der Machtübernahme der Jungtürken in Konstantinopel kam es wegen deren Türkisierungspolitik seit 1910 wiederholt zu Aufständen der Albaner gegen dieOsmanen.

Die Herrenkleidung wird sportlicher. Dazu gehört der weiche Hut

Politik

Eine weitere Kreditaufnahme für Kriegszwecke wird vom serbischen Parlament genehmigt. Südosteuropa steht kurz vor Ausbruch des ersten Balkankrieges. Der Niedergang des Osmanischen Reichs und die Emanzipationsbestrebungen der Balkanvölker sind seit Jahrzehnten Ursachen für Spannungen.

Wetter

Ein schöner Sommermonat lockt in die Natur. Mit 17,4 °C liegt im Juni 1912 die mittlere Temperatur etwas über dem Durchschnitt von 16,5 °C.

Mittwoch 25. Juni

Politik

Das Gelände »Der Forst« wird nach einer Entscheidung des Kriegsministeriums als militärischer Flugstützpunkt hergerichtet. »Der Forst« liegt in der Nähe von Kassel. Seit geraumer Zeit läßt Kaiser Wilhelm II. Luftschiffe für militärische Zwecke erproben. 15 der 25 von der Friedrichshafener Luftschiffbau Zeppelin GmbH bis zum Ausbruch des Weltkrieges 1914 gebauten Luftschiffe gehen an Heer und Marine.

Politik

Die Auflösung des Balkanbundes erhitzt die Gemüter. Wegen Streitigkeiten um die Grenzziehung in Makedonien und Thrakien kündigten Serbien und Griechenland am Vortag das Bündnis mit Bulgarien auf. Der Balkanbund richtete sich gegen die Vorherrschaft des Osmanischen Reichs. Die Region steht nur wenige Tage vor dem zweiten Balkankrieg.

Das praktische Sportkleid für die Jagd und für Bergtouren

Wetter

Warme Temperaturen erfreuen die Menschen im Juni 1913. Das Thermometer klettert im Durchschnitt auf 17,2 °C. Lediglich 24 mm Regen fällt.

Donnerstag 25. Juni

Politik

Das Osmanische Reich erteilt in Konstantinopel einer deutsch-britischen Gesellschaft die Konzession zur Ausbeutung von Erdölvorkommen in Mesopotamien. Um die Konzession hatte sich auch die US-Ölfirma Standard Oil Company beworben.

Gesellschaft

Die dritte internationale Opiumkonferenz geht nach elf Tagen in der niederländischen Hauptstadt Den Haag zu Ende. Die Staaten vereinbaren die Ratifizierung des 1912 geschlossenen Opiumabkommens (sog. Haager Abkommen). Es sieht ein Verbot des Opiumanbaus und -vertriebs vor.

Politik

Die Spannungen, die den Ersten Weltkrieg auslösen, sind an vielen Orten Europas bereits spürbar. Am 28. Juni wird der österreichisch-ungarische Thronfolger Franz Ferdinand erschossen.

Wetter

Durchschnittliche Temperaturen und Niederschläge prägen das Wetter im Juni 1914. Mit 72 mm Niederschlag liegt die Regenmenge leicht über dem langjährigen Mittelwert von 62 mm.

Freitag 25. Juni

Politik

Gegen Gebietserweiterungen als Ziel des Krieges wendet sich der Partei- und Fraktionsvorstand der SPD in einer Eingabe an Reichskanzler Theobald von Bethmann Hollweg. Außerdem warnen die Sozialdemokraten besonders vor dem »Versuch, Belgien zu vergewaltigen«.

Politik

Lomie in der deutschen Kolonie Kamerun wird von den Briten besetzt. In Deutsch-Südwestafrika strecken die Deutschen im Juli die Waffen.

Technik

Der zurückgetretene US-amerikanische Außenminister William Jennings Bryan spricht sich auf einer Kundgebung in New York gegen die Lieferung von Waffen und anderem Kriegsmaterial an Großbritannien und Frankreich aus.

Wetter

Herrlich warm und niederschlagsarm ist der Juni 1915. Die Durchschnittstemperatur liegt bei annähernd 20 °C. Die Niederschlagsmenge, der Wetterdienst meldet nur 21 mm, ist weit von dem langjährigen Mittelwert von 62 mm entfernt.

Sonntag 25. Juni

Sport

»Amorino« mit dem Jockey-Lehrling Otto Schmidt im Sattel gewinnt überraschend beim Deutschen Galoppderby in Hamburg-Horn.

Rekorde 1910–1919

Schwimmen: H. Hebner (USA) – 1:20,8 min/100 m Rücken (1912)
100 m: Nina Popowa (RUS) – 13,1 sec (1913)
Hochsprung: C. Larson (USA) – 2,03 m (1917)
Speerwerfen: Jonni Myyrä (FIN) – 66,10 m (1919)

Politik

Einen Linksrutsch bringt die Jahreshauptsversammlung der Berliner SPD. Anstelle von Eugen Ernst wird der Landtagsabgeordnete Adolph Hoffmann zum neuen Vorsitzenden gewählt. Weitere Vorstandsmitglieder werden u. a. Rosa Luxemburg und der Reichstagsabgeordnete Arthur Stadthagen von der Sozialdemokratischen Arbeitsgemeinschaft.

Politik

Ultimativ fordert US-Präsident Woodrow Wilson die Freilassung der in Mexiko inhaftierten Amerikaner.

Wetter

Kühl und feucht ist der Juni 1916. Mit 14,7 °C liegt die mittlere Temperatur unter dem Durchschnitt. Die Niederschlagsmenge beträgt 92 mm.

Montag 25. Juni

Gesellschaft

Wegen andauernder Streiks wird über die russischen Städte Petrograf, Moskau, Keluga und Jaroslaw das Kriegsrecht verhängt. Im südwestlichen Sibirien, das im wesentlichen von Kirgisen bewohnt wird, legen sämtliche Werftarbeiter die Arbeit nieder. Gleichzeitig erklären die Sprecher der Arbeiter, daß die Arbeit erst wieder aufgenommen wird, wenn die russische Provisorische Regierung unter Georgi Fürst Lwow den Kirgisen die Unabhängigkeit zusichere.

Technik

Der in Zürich lehrende deutsche Medizinalprofessor Ferdinand Sauerbruch stellt in der Gesellschaft der Ärzte in Wien ein neues operatives Verfahren vor. Die von ihm selbst entwickelte Technik vermag Ersatzglieder für amputierte Beine oder Hände so mit der noch funktionsfähigen Muskulatur zu verbinden, daß die Prothese selbst beweglich ist.

Wetter

Heiße Temperaturen und kaum Niederschlag kennzeichnen den Juni 1917. Die durchschnittliche Temperatur liegt bei über 20 °C, das langjährige Monatsmittel bei 16,5 °C. Es regnet nur 8 mm, bei einem langjährigen Mittel von 62 mm.

Dienstag 25. Juni

Politik

Über den Fluß Piave bei Venedig muß die österreich-ungarische Armee zurückweichen. Mit dem Rückzug in die Ausgangsstellungen scheitert die letzte Großoffensive gegen Italien. Der Angriff der Österreicher begann am 15. Juni. Die schlecht ausgerüsteten Soldaten, die unter Proviantmangel leiden, sind den italienischen Truppen zahlenmäßig nicht mehr überlegen. Feldmarschall Franz Freiherr Conrad von Hötzendorf, der die Südtiroler Front befehligt, hat 47 Divisionen unter sich, die über 6833 Geschütze verfügen.

Geld für Marx: Wladimir I. Lenin überweist der Familie von Karl Marx 1 Mio. Rubel zur Errichtung eines Monuments auf dem Grab des Philosophen.

Gesellschaft

Der Rat der Volkskommissare legt in Moskau die Bestimmungen über die Betriebskollektivverträge vor. Die Verträge stellen Tarifvereinbarungen dar, nach denen die Arbeitsbedingungen und die Lohnsätze in den Betrieben geregelt werden.

Wetter

Ungewöhnlich kühl ist der Juni 1918. Mit 13,9 °C liegt die mittlere Temperatur stattliche 2,6 °C unter dem langjährigen Durchschnittswert.

Mittwoch 25. Juni

Politik

Den militärischen Oberbefehl legt der deutsche Generalfeldmarschall Paul von Hindenburg nieder.

Gesellschaft

Zu Lebensmittelunruhen, die sich an den enormen Preissteigerungen entzünden, kommt es in der Hansestadt Hamburg. Fast 200 Menschen werden bei den Ausschreitungen getötet.

Gesellschaft

Als Geisel bietet sich der frühere deutsche Reichskanzler Theobald von Bethmann Hollweg den Siegermächten des Ersten Weltkriegs anstelle des Ex-Kaisers Wilhelm II. an. Die Alliierten verlangen von den Niederlanden die Auslieferung des früheren Monarchen, der in dem neutralen Staat im Asyl lebt.

Stars der Jahre 1910–1919

David Wark Griffith
Filmregisseur
Mary Pickford
Filmschauspielerin
Enrico Caruso
Sänger
Douglas Fairbanks
Filmschauspieler
Charlie Chaplin
Filmschauspieler

Wetter

Mit 15,9 °C etwas kühler als der langjährige Mittelwert von 16,5 °C ist der Juni 1919. Die Meteorologen messen im Bereich des statistischen Durchschnitts liegende 61 mm Niederschlag.

1920-1929

Highlights des Jahrzehnts

1920

- Prohibition: Alkoholverbot in den USA
- NSDAP verabschiedet ihr Programm
- Kapp-Putsch scheitert
- Erstmals Salzburger Festspiele

1921

- Alliierte besetzen das Rheinland
- Hitler wird NSDAP-Vorsitzender
- Hormon Insulin entdeckt
- Rudolph Valentino wird Frauenidol
- Vertrag von Sèvres bedeutet Ende des Osmanischen Reichs

1922

- Hungersnot in Rußland
- »Deutschlandlied« wird zur Nationalhymne erklärt
- Mussolinis Marsch auf Rom
- Gründung der UdSSR
- Grab des Tutanchamun entdeckt
- Deutsch-russische Annäherung durch Vertrag von Rapallo
- Gründung der BBC
- Johnny Weissmuller stellt über 100 m Kraul den ersten seiner 67 Weltrekorde auf (58,6 sec)

1923

- Franzosen besetzen Ruhrgebiet
- Hitlers Putschversuch scheitert
- Währungsreform beendet Inflation im Deutschen Reich
- Die Türkei wird Republik

1924

- Erstmals Olympische Winterspiele
- Revolutionsführer Lenin stirbt
- Dawes-Plan lockert finanzielle Zwänge für Deutschland
- VIII.Olympische Spiele: Läufer Paavo Nurmi gewinnt 5 Goldmedaillen

1925

- Einparteiendiktatur in Italien
- Neugründung der NSDAP
- Hindenburg wird nach dem Tod Eberts Reichspräsident
- Europäische Entspannung durch Locarno-Pakt
- Joséphine Baker wird im Bananenröckchen zum Weltstar

1926

- Japans Kaiser Hirohito besteigt den Thron
- Militärputsch Pilsudskis in Polen
- Walt Disneys Mickey Mouse erblickt das Licht der Welt
- Deutschland im Völkerbund

1927

- Stalin entmachtet politische Gegner
- Charles Lindbergh überfliegt den Atlantik
- Uraufführung des Films »Metropolis« von Fritz Lang

1928

- Briand-Kellogg-Pakt zur Kriegsächtung unterzeichnet
- Alexander Fleming entdeckt das Penicillin
- »Dreigroschenoper« von Brecht und Weill uraufgeführt
- Erste Transatlantik-Fluglinie

1929

- Youngplan regelt Reparationen
- »Schwarzer Freitag« in New York löst Weltwirtschaftskrise aus
- Erste Oscar-Verleihung in Hollywood
- Antikriegs-Roman »Im Westen nichts Neues« von Erich Maria Remarque

◀ **Der Charleston erobert in den 20er Jahren weltweit die Tanzsäle**

1920

Freitag 25. Juni

Gesellschaft

In Scarborough endet in Anwesenheit von 1150 Delegierten die Jahresversammlung der britischen Labour Party. Sie billigt eine Entschließung zugunsten des Selbstbestimmungsrechts für Indien, Ägypten und Irland. Einen Antrag auf Austritt aus der sozialistischen Zweiten Internationalen und Eintritt in die kommunistische Dritte Internationale - die sog. Komintern - lehnen die Delegierten ab.

Rekorde in den 20er Jahren

Schwimmen: J. Weissmuller (USA) – 58,6 sec/ 100 m Freistil (1922)
10 000 m: P. Nurmi (FIN) – 30:06,1 min (1924)
1500 m: O. Peltzer (GER) – 3:51,0 min (1926)
Kugelstoßen: Emil Hirschfeld (GER) – 16,04 m (1928)

Politik

Den »verschärften Kriegszustand« verhängt der Oberkommandierende der britischen Truppen in der Türkei, Charles Harington über Konstantinopel und die Dardanellen. Grund ist der zunehmende machtpolitische Einfluß der türkischen Nationalisten unter Mustafa Kemal Pascha.

Wetter

Mit 15,5 °C ist der Juni 1920 im Schnitt um 1 °C kühler als gewöhnlich. 48 mm Niederschlag (Durchschnitt: 62 mm) gestatten es, den Regenmantel etwas häufiger zu Hause zu lassen.

Samstag 25. Juni

Technik

Über Erfolge bei der Kohleverflüssigung berichtet der deutsche Chemiker Friedrich Bergius vor dem Chemikerkongreß in Stuttgart. Aus einer ca. 5% Asche enthaltenden Kohle kann bis zu 85% Öl gewonnen werden.

Gesellschaft

Die Zahlung der deutschen Reparationen soll zukünftig nicht mehr in US-Dollar, sondern in europäischen Währungen erfolgen. Das beschließt die alliierte Reparationskonferenz. Hintergrund der Maßnahme ist der starke Anstieg des Dollarkurses gegenüber dem französischen Franc und dem britischen Pfund.

Politik

Für die Teilung Oberschlesiens zwischen dem Deutschen Reich und Polen spricht sich der französische Ministerpräsident Aristide Briand aus.

Wetter

Kühl und regnerisch präsentiert sich der Juni 1921. Die mittlere Lufttemperatur liegt mit 15,0 °C deutlich unter dem Mittelwert. Fast 20 mm mehr Regen als gewöhnlich messen die Meteorologen.

Sonntag 25. Juni

Sport

»Hausfreund« heißt der neue Derbysieger. Auf der Galopprennbahn in Hamburg-Horn wird das 54. Deutsche Derby ausgetragen, die bedeutendste Zuchtprüfung für dreijährige Vollblüter. »Hausfreund«, der das gut besetzte Rennen überraschend für sich entscheiden kann, ist der Sohn des Hengstes »Landgraf«, der vor fünf Jahren selbst das Deutsche Derby gewann.

Politik

Bei den Landtagswahlen im Saargebiet erreichen die deutschen Parteien 28 und die Kommunisten zwei Sitze. Die frankophilen Parteien können keinen Landtagssitz erringen.

Politik

Reichskanzler Joseph Wirth (Zentrum) übernimmt zusätzlich das Amt des Außenministers von Walther Rathenau (DDP), der am Tag zuvor von Rechtsextremen erschossen wurde.

Wetter

Geringe Niederschläge und eine durchschnittliche Temperatur um 16,5 °C kennzeichnen den Juni 1922. Die Regenmenge liegt bei 31 mm.

Montag 25. Juni

Gesellschaft

Den Rückgang der Mitgliederzahl stellt der österreichische Gewerkschaftskongreß in Wien als Folge der Wirtschaftskrise und Arbeitslosigkeit fest.

Politik

Vor dem rheinischen Provinziallandtag erklärt der preußische Innenminister Carl Severing, die von den Franzosen angestrebte Loslösung des Rheinlands vom Deutschen Reich sei absolut indiskutabel. Im Mai hatten bewaffnete Separatisten das Elektrizitätswerk in Trier besetzt. Ihre Absicht, radikale Teile der Arbeiterschaft aufzuputschen, um dann mit deren Hilfe sich der öffentlichen Gebäude zu bemächtigen und die Rheinische Republik auszurufen, wird durch die rasch herbeigeeilte Polizei vereitelt.

Stars der 20er Jahre

Buster Keaton
Filmschauspieler
Johnny Weissmuller
Schwimmer
Rudolph Valentino
Filmschauspieler
Joséphine Baker
Tänzerin
Charles Lindbergh
Flieger

Wetter

Ausgesprochen kaltes und regnerisches Wetter bestimmt den Juni 1923. Die monatliche Durchschnittstemperatur liegt bei 11,8 °C, während der Mittelwert 16,5 °C beträgt. Es fallen 14 mm mehr Niederschläge als in diesem Monat üblich.

Mittwoch 25. Juni

Politik

Nach Agenturmeldungen werden an der für den 16. Juli geplanten Reparationskonferenz in London die Ministerpräsidenten Frankreichs, Großbritanniens, Italiens und Belgiens teilnehmen. Umstritten bleibt die Teilnahme des Deutschen Reichs. Thema ist die Durchführung des Dawesplans.

Gesellschaft

Im Prager Prozeß gegen Angehörige des Kriegsministeriums, die an Benzinschiebereien beteiligt waren, wird das Urteil gesprochen. Die sieben Angeklagten werden zu Kerkerstrafen zwischen acht Monaten und zwei Jahren verurteilt.

Gesellschaft

Die Rheinlandkommission beschließt die Annullierung ihrer Ausweisungsbeschlüsse. 15000 Ausgewiesene, mit Familien insgesamt 60 000 Personen, kehren in die französische Rheinlandzone zurück.

Wetter

Der mit 16,4 °C durchschnittlich warme Juni 1924 zeichnet sich durch seine geringe Regenneigung aus. Im Vergleich zum langjährigen Mittelwert von 62 mm fällt mit 25 mm wenig Niederschlag.

Donnerstag 25. Juni

Technik

Gegen die Aufnahme des Deutschen Reichs spricht sich die Internationale Chemikerkonferenz in Bukarest aus, solange Deutschland noch nicht Mitglied des Völkerbundes ist.

Technik

Ein international beachtetes Referat über die Stabilität der Wirtschaftspolitik hält Reichsbankpräsident Hjalmar Schacht auf der Jahresversammlung des Reichsverbandes Deutscher Industrie in Berlin.

Gesellschaft

In einem Prozeß des ehemaligen Herzogs von Sachsen-Coburg-Gotha gegen das Land Thüringen über das Gothaische Hausvermögen entscheidet das Reichsgericht in Leipzig nicht zugunsten Thüringens. Damit erhält der Herzog das gesamte im Jahr 1919 beschlagnahmte Vermögen zurück.

Wetter

Etwas kühler als gewöhnlich präsentiert sich der Juni 1925. Mit 15,4 °C liegt die Temperatur mehr als 1 °C unter dem Durchschnittswert. Ein Lichtblick ist, daß auch die Niederschlagsmenge mit 45 mm unter dem Durchschnitt von 62 mm bleibt.

Freitag 25. Juni

Technik

Ein Dammbruch zerstört zum zweiten Mal in der Geschichte die Stadt Léon in Mexiko. Die Wasserfluten haben Hunderte von Menschenleben gefordert und etwa die Hälfte der Gebäude hinweggespült. 20 000 Familien sind durch die Katastrophe obdachlos geworden.

Politik

Tiefe Taille und schmale Silhouette: Mode im Zeichen von Art déco

Die spanische Polizei verhaftet Anhänger einer revolutionären Bewegung, die gegen die Diktatur von Ministerpräsident Miguel Primo de Rivera gekämpft hat.

Kultur

Die Erste Internationale Schauspielerkonferenz tagt in Berlin. Teilnehmer aus 18 Staaten gründen eine Schauspieler-Internationale.

Wetter

Im völlig verregneten Juni 1926 ist der Regenschirm das wichtigste Ausgeh-Utensil. Mit 127 mm Niederschlag fällt mehr als doppelt so viel Regen als gewöhnlich.

Samstag 25. Juni

Gesellschaft

Dem französischen Monarchistenführer Léon Daudet, der am 13. Juni verhaftet worden ist, gelingt die Flucht aus dem Gefängnis. Der Direktor der Haftanstalt hat sich durch ein gefälschtes Begnadigungsschreiben täuschen lassen. Daudet war erst am 13. Juni von der Polizei verhaftet worden, um eine fünfmonatige Gefängnisstrafe wegen Unruhestiftung anzutreten. Die »Action française«, deren Leiter er ist, steht in scharfer Opposition zum Versailler Friedensvertrag, der ihrer Meinung nach die französischen Interessen nicht ausreichend berücksichtigt.

Vornehm und doch lässig: Burberry aus imprägniertem Baumwollstoff

Kultur

Die Universität Innsbruck begeht mit einem Festakt den 250. Geburtstag ihrer Gründung.

Wetter

Als kühler und feuchter Monat präsentiert sich der Juni 1927. Die Durchschnittstemperatur liegt bei nur 14,1 °C (Mittelwert: 16,5 °C). Es fallen 96 mm Regen, der langjährige Mittelwert beträgt 62 mm.

Montag 25. Juni

Gesellschaft

Der 26. internationale Friedenskongreß der pazifistischen Internationalen wird in Warschau eröffnet. Die gemeinsamen Friedensnobelpreisträger von 1927, der Historiker Ludwig Quidde aus dem Deutschen Reich und Ferdinand Buisson aus Frankreich, sind auf der Tagung anwesen.

Politik

Vor dem Parlamentsgebäude in Paris demonstrieren anläßlich der Stabilisierungsdebatte des Senats mehrere hundert Frauenrechtlerinnen für die Einführung des Frauenwahlrechts. Der Senat hatte kürzlich sogar einen Antrag, über das Stimmrecht für Frauen lediglich zu debattieren, abgelehnt.

Politik

Um 80% wird der französische Franc abgewertet. Die Währung war 1926 in eine schwere Krise mit einem galoppierenden Kursverfall geraten - eine Spätfolge der kriegsbedingten finanziellen Belastungen.

Wetter

Einen kalten und niederschlagsarmen Monat beschert der Juni 1928 den Urlaubern. Die Durchschnittstemperatur liegt bei 14,3 °C.

1929

Dienstag 25. Juni

Technik

Einen Bericht über die Fünftagewoche bei den Ford Automobilwerken in Detroit veröffentlicht die Berliner »Vossische Zeitung«. Ab 1. Juli 1929 soll die Tagesproduktion von 8000 auf 10 000 Autos steigen. Die Fünftagewoche hat zur Schaffung von 30 000 neuen Arbeitsplätzen geführt.

Preise in den 20er Jahren

1 kg Butter	3,60
1 kg Mehl	0,50
1 kg Fleisch	2,50
1 Ei	0,20
10 kg Kartoffeln	0,80
Stundenlohn	0,93

in RM, Stand 1926 (ohne Inflationsjahre)

Politik

Paris beschließt, ein Amnestiegesetz für elsaß-lothringische Autonomisten einzubringen.

Gesellschaft

Der Italiener Manfred Conte di Gavina tritt als Nachfolger des Niederländers Joos Adrian van Hamel sein Amt als Hoher Kommissar des Völkerbundes in der Freien Stadt Danzig an.

Wetter

Kühl und regnerisch ist der Juni 1929. Die durchschnittliche Temperatur liegt mit 15 °C klar unter dem langjährigen Mittelwert von 16,5 °C. Mit 111 mm regnet es fast doppelt so viel wie gewöhnlich.

1930–1939

Highlights des Jahrzehnts

1930

- Mahatma Gandhi startet Salzmarsch
- Marlene Dietrich avanciert im Film »Der Blaue Engel« zum Weltstar
- Uruguay wird erster Fußballweltmeister
- Max Schmeling durch Disqualifikationssieg Boxweltmeister im Schwergewicht

1931

- Spanien wird Republik
- Vorführung des Ganzmetallflugzeugs »Ju 52« (»Tante Ju«)
- Empire State Building höchstes Gebäude der Welt
- Mafia-Boß Al Capone hinter Gittern

1932

- Staatsstreich in Preußen
- Wahlsieg der NSDAP
- Chaco-Krieg um Erdöl zwischen Bolivien und Paraguay
- Proklamation des Staates Saudi-Arabien

1933

- Adolf Hitler zum Reichskanzler ernannt
- Reichstagsbrand in Berlin
- Ermächtigungsgesetz in Kraft
- Deutsche Studenten verbrennen »undeutsche« Literatur

1934

- Nationalsozialistischer Volksgerichtshof gegründet
- »Röhm-Putsch« niedergeschlagen
- Mord an Bundeskanzler Dollfuß – Ende der 1. Republik Österreich
- Maos Kommunisten in China auf dem »Langen Marsch«

1935

- Judenverfolgung mit sog. Nürnberger Gesetzen
- Italien marschiert in Äthiopien ein
- Porsche baut Prototyp für VW »Käfer«
- Deutsch-britisches Flottenabkommen

1936

- Beginn des Spanischen Bürgerkriegs
- Volksfrontregierung in Frankreich
- Ausstellung »Entartete Kunst«
- XI. Olympische Spiele in Berlin zur NS-Propaganda genutzt
- Margaret Mitchell veröffentlicht »Vom Winde verweht«
- Schauprozesse in der UdSSR

1937

- Krieg zwischen Japan und China
- Georg VI. in London gekrönt
- Zeppelin LZ »Hindenburg« explodiert in Lakehurst
- Niederländische Kronprinzessin Juliana heiratet Prinz Bernhard

1938

- »Anschluß« Österreichs ans Deutsche Reich
- Münchner Abkommen soll Hitler bezähmen
- Terror gegen Juden in der »Reichskristallnacht«
- Otto Hahn gelingt erste Atomspaltung

1939

- Deutsche Truppen marschieren in Prag ein
- Hitler-Stalin-Pakt
- Beginn des Zweiten Weltkrieges

◀ Ginger Rogers und Fred Astaire tanzen sich 1933–1939 durch neun Filme

Mittwoch 25. Juni

Gesellschaft

Mit seinem Flugzeug »Southern Cross« überquert der Australier Charles Kingsford Smith den Atlantik von Europa nach Amerika. Es ist die zweite Überquerung auf dieser Strecke überhaupt. Smith legt die 3500 km in 30 Stunden zurück.

Kultur

Mit einem feierlichen Akt eröffnet König Georg V. in Anwesenheit von 160 Bischöfen, der britischen Kabinettsmitglieder und des diplomatischen Korps die St. Pauls-Kathedrale, die wegen Renovierungsarbeiten lange Zeit geschlossen war.

Technik

Die zweite Weltkraftkonferenz geht in Berlin zu Ende. Ihre Teilnehmer haben sich zehn Tage lang mit der internationalen Bedeutung der Energiewirtschaft beschäftigt.

Wetter

Herrlich warm und nur wenig Regen - so präsentiert sich der Juni 1930. Fast 20 °C beträgt die mittlere Lufttemperatur. Lediglich 22 mm Niederschlag messen die Meteorologen. Durchschnittlich beträgt die Regenmenge im Monat Juni 62 mm.

Donnerstag 25. Juni

Kultur

Im Berliner Haus Ring der Frauen wird der 1930 vom Staatsbürgerinnenverband gestiftete und mit 1000 Reichsmark dotierte Preis für Autorinnen unter 35 Jahren vergeben. Erste Trägerinnen sind Elisabeth Langgässer und Käthe Biehl. Für das Preisrichterkollegium hält Alfred Döblin eine ironisch gemeinte Begrüßungsrede und versichert den beiden Autorinnen, sie sollten sich nicht einbilden, große Literatur geschrieben zu haben, aber unter den 178 Einsendungen seien ihre »Elaborate« immerhin erwähnenswert gewesen.

Stars der 30er Jahre

Louis Armstrong
Trompeter
Marlene Dietrich
Filmschauspielerin
Greta Garbo
Filmschauspielerin
Fred Astaire
Tänzer/Schauspieler
Sonja Henie
Eiskunstläuferin

Politik

Einen Kredit in Höhe von 419,55 Mio. Reichsmark erhält das Deutsche Reich von den Nationalbanken Großbritanniens und Frankreichs sowie von der Bank für Internationalen Zahlungsausgleich (BIZ) in Basel.

Wetter

Ein mit 16,4 °C durchschnittlich warmer Sommermonat ist der Juni 1931. Die Niederschläge liegen mit 95 mm über dem Mittelwert von 62 mm.

1932

Samstag 25. Juni

Politik

Ein bargeldloses Tauschgeschäft vereinbaren deutsche und ägyptische Regierungsstellen. Ägypten wird an das Deutsche Reich Baumwolle im Wert von mehreren Millionen Reichsmark im Austausch gegen Stickstoff-Dünger liefern.

Technik

Zum ersten Mal wird in Zürich die Autoschau veranstaltet. Auf der zwei Wochen dauernden Ausstellung werden mehr als 500 Fahrzeuge aus 15 Ländern gezeigt.

Sport

Der deutsche Berufsboxer Adolf Heuser wird in Berlin Europameister im Halbschwergewicht durch einen K.o.-Sieg über den Spanier Martinez de Alfara.

Rekorde in den 30er Jahren

200 m: J. Carlton (AUS) – 20,6 sec (1932)
Weitsprung: Jesse Owens (USA) – 8,13 m (1935)
Weitsprung: Erika Junghans (GER) – 6,07 m (1939)
400 m: Rudolf Harbig (GER) – 46,0 sec (1939)

Wetter

Über einen angenehm trockenen Sommer freuen sich die Urlauber im Juni 1932. Nur 29 mm Regen fallen in diesen 30 Tagen. Der langjährige Durchschnittswert liegt bei 62 mm.

Sonntag 25. Juni

Politik

In »Schutzhaft« genommen werden die Reichstags- und Landtagsabgeordneten der Bayerischen Volkspartei (BVP) sowie zahlreiche Mitglieder der SPD. Am 21. Juni waren wegen angeblicher Kontakte mit den Christlichsozialen in Österreich viele BVP-Büros durchsucht worden.

Gesellschaft

Die Deutschnationale Front steht vor dem Zerfall. Am folgenden Tag reicht Alfred Hugenberg beim Reichspräsidenten seine Demission als Reichswirtschafts- und Ernährungsminister ein. Hugenberg zieht die Konsequenzen aus den ständigen Angriffen gegen sich und seine Partei. Die Deutschnationale Volkspartei, zunächst noch Partner der NSDAP, wurde zunehmend ins Abseits gedrängt. Eine Denkschrift Hugenbergs, in der er ein »deutsches Kolonialreich in Afrika« gefordert hat, wurde von der NSDAP zurückgewiesen.

Wetter

Viel Niederschlag bringt der Juni 1933. Mit 101 mm Regen übertrifft er den langjährigen Durchschnittswert um fast 40 mm. Die mittlere Lufttemperatur von 15,8 °C liegt unter dem langjährig registrierten Monatsmittel von 16,5 °C.

Montag 25. Juni

Politik

Die Verhandlungen zwischen der Delegation der deutschen katholischen Bischöfe und den Vertretern der Reichsregierung über Fragen, die nach dem Reichskonkordat von 1933 noch ungeklärt waren, beginnen im Reichsministerium des Innern. Das Konkordat war zwischen dem Deutschen Reich und dem Heiligen Stuhl in der Vatikanstadt unterzeichnet worden. Besonders aktuell ist im Deutschen Reich die Frage der katholischen Jugendverbände, deren Wirkungskreis durch behördliche Verbote zunehmend eingeschränkt wird.

Gesellschaft

In einer Rundfunkrede bezieht Reichsminister Rudolf Heß (NSDAP) gegen die Entfesselung einer »zweiten Revolution« Stellung, wie sie von SA-Chef Ernst Röhm gefordert wird. Die Rede wird international als Beweis für den Ernst des Machtkampfes im Deutschen Reich gewertet.

Wetter

Einen warmen und trockenen Sommer können die Menschen im Juni 1934 genießen. Mit 18,2 °C liegt die mittlere Temperatur weit über dem Schnitt von 16,5 °C. Bei einem Normalwert von 62 mm registrieren Meteorologen nur 14 mm Regen.

Dienstag 25. Juni

Kultur

Trotz eines Erfolgs beim Publikum stößt die Oper »Die schweigsame Frau« von Richard Strauss bei den Nationalsozialisten auf Kritik. Nach wenigen Aufführungen lassen sie das Stück verbieten, weil das Libretto von dem jüdischen Dichter Stefan Zweig stammt. Die Oper hatte am 24. Juni in der Dresdner Staatsoper Premiere.

Technik

Der 50 000. Opelwagen der diesjährigen Produktion verläßt in Rüsselheim das Werk. Mit 17,7% der Produktion erreicht die Exportquote ihren bisherigen Höchststand.

Technik

Bei einem Unwetter in Großbritannien werden vier Menschen durch Blitzschlag getötet. Mehrere Personen erleiden Brandverletzungen.

Wetter

Von seiner sommerlichen Seite zeigt sich der Juni 1935. Mit 18,8 °C liegt die mittlere Temperatur 2,3 °C über dem langjährigen Durchschnitt.

Preise in den 30er Jahren

1 kg Butter	2,96
1 kg Mehl	0,47
1 kg Fleisch	1,60
1 l Vollmilch	0,23
1 Ei	0,10
10 kg Kartoffeln	0,90
1 kg Kaffee	5,33
Stundenlohn	0,78

in RM, Stand 1934

Donnerstag 25. Juni

Technik

Unter schwerer Strafe stehen künftig die mangelhafte Lieferung oder die Beschädigung von Rüstungsgütern. Ein entsprechendes Gesetz beschließt die Reichsregierung in Berlin. Für schwere Vergehen ist sogar die Todesstrafe vorgesehen.

Gesellschaft

Brasilien hat zuviel Kaffee. Das staatliche Kaffeekomitee übernimmt von den Erzeugern 200 000 t Rohkaffee, die vernichtet werden sollen. Für das Erntejahr 1935/36 wird die brasilianische Kaffeeproduktion auf 1,1 Mio. t geschätzt. Nach Berechnungen des Landwirtschaftsministeriums können davon höchstens 0,6 Mio. t exportiert werden. Beim staatlichen Kaffeekomitee liegen bereits Anträge auf Vernichtung für weitere 300 000 t Kaffee vor.

Figurbetonte Eleganz in den 30er Jahren: Kostüm aus Wollstoff mit Lederpaspeln

Wetter

Ein überdurchschnittlich trockener Frühsommermonat ist der Juni 1936, der mit 8 mm Niederschlag sogar fast regenfrei ist. Die mittlere Lufttemperatur liegt bei durchschnittlich 18,2 °C.

Freitag 25. Juni

Politik

Geduld und Selbstbeherrschung gegenüber der deutschen Politik fordert der neue britische Premierminister Arthur Neville Chamberlain in seiner ersten großen außenpolitischen Rede.

Politik

Sechs Mitglieder der Bekennenden Kirche sind laut Presseberichten wegen Aufforderung zum Ungehorsam verhaftet worden.

Gesellschaft

Der Herr liebt es eher klassisch: Sommersakko aus hellem Fischgrät

Große Berichte über die Zeugenvernehmung des Bischofs von Speyer, Ludwig Sebastian, erscheinen in der deutschen Presse. Dem Kirchenvertreter wird vorgeworfen, er habe »Greuelmärchen« aus dem Deutschen Reich an das europäische Ausland berichtet und damit Landesverrat begangen.

Wetter

Der Juni 1937 ist ein warmer Monat mit einer Durchschnittstemperatur von 18,1 °C und einer geringen Niederschlagsmenge von 46 mm.

Samstag 25. Juni

Gesellschaft

Der erste Deutsche Studententag endet in Heidelberg mit einer Großkundgebung in der Stadthalle. Erstmals präsentieren sich hier die durch die Zusammenfassung des NS-Studententums und des NS-Altherrenbundes vereinigten Akademiker. Auf Anordnung des Reichsführers SS und Chefs der deutschen Polizei, Heinrich Himmler, werden alle katholischen Studenten- und Altherrenverbände im Reich aufgelöst.

Kultur

Der Film »Heimat« von Carl Froelich wird in Danzig uraufgeführt. In den Hauptrollen sind Zarah Leander und Heinrich George zu sehen.

Politik

US-Präsident Franklin D. Roosevelt unterzeichnet den Fair Labor Standard Act, der Mindestlöhne und eine Höchstarbeitszeit vorsieht.

Wetter

Ein angenehm milder Sommermonat, der eine Durchschnittstemperatur von 16,8 °C aufweist, ist der Juni 1938. Mit 28 mm liegt die Regenmenge deutlich unter dem langjährigen Mittel von 62 mm.

Sonntag 25. Juni

Sport

Beim Großen Preis von Belgien in Spa siegt Hermann Lang auf Mercedes-Benz in 3:20:21 h vor Rudolf Hasse auf Auto-Union und Manfred von Brauchitsch auf Mercedes-Benz. Langs Erfolg auf dem 14,5 km langen Rundkurs, sein vierter Sieg in diesem Jahr, wird überschattet vom Tod des 26jährigen Richard Seaman. Der seit 1937 für Mercedes-Benz fahrende Brite prallt in der 23. Runde gegen einen Baum und erliegt seinen schweren Verbrennungen.

Sport

Beim 71. Deutschen Galoppderby auf der Rennbahn in Hamburg-Horn siegt Jockey Gerhard Streit auf »Wehr Dich« aus dem Gestüt Schlenderhan. Für den Sieg zahlt der Totalisator 34:10.

Sport

Mit 2:0 gewinnt die deutsche Fußball-Nationalmannschaft in Kopenhagen vor 35000 Zuschauern gegen Dänemark.

Wetter

Schönes Wetter beschert der Sommermonat Juni 1939 den Ausflüglern. Die mittlere Temperatur liegt mit 17,6 °C etwas über dem Durchschnitt.

NASSAU ST.
PARKING
SPACE
U.S. GOV'T

1940–1949

Highlights des Jahrzehnts

1940

- Deutscher Luftkrieg gegen Großbritannien
- Beginn der Westoffensive
- Winston Churchill neuer britischer Premierminister

1941

- Schottlandflug von Rudolf Heß
- Deutscher Überfall auf die Sowjetunion
- Japan greift Pearl Harbor an – Kriegseintritt der USA
- »Citizen Kane« von Orson Welles in den Kinos

1942

- Wannsee-Konferenz beschließt Judenvernichtung
- 6. Armee in Stalingrad eingeschlossen
- Beginn alliierter Luftangriffe auf deutsche Städte
- »Casablanca« mit Ingrid Bergman und Humphrey Bogart uraufgeführt

1943

- Goebbels propagiert den »totalen Krieg«
- Ende der Widerstandsgruppe »Weiße Rose«
- Aufstand im Warschauer Ghetto scheitert

1944

- Alliierte landen in der Normandie
- Stauffenberg-Attentat auf Hitler scheitert
- Charles de Gaulle wird Staatschef Frankreichs
- US-Präsident Franklin D. Roosevelt zum dritten Mal wiedergewählt

1945

- KZ Auschwitz befreit
- Bedingungslose Kapitulation Deutschlands
- Vereinte Nationen gegründet
- Beginn der Potsdamer Konferenz
- US-Atombomben zerstören Hiroschima und Nagasaki

1946

- Gründung der SED
- Nürnberger NS-Prozesse
- US-Atombombentests im Südpazifik
- Hilfe durch Care-Pakete aus den USA
- Französischer Kolonialkrieg in Vietnam

1947

- Marshallplan-Hilfe für Europa
- Indien feiert Unabhängigkeit von Großbritannien
- GATT regelt den Welthandel
- Thor Heyerdahls »Kon-Tiki«-Expedition erfolgreich

1948

- Mahatma Gandhi ermordet
- Währungsreform in Ost und West
- UdSSR verhängt Berlin-Blockade
- Staatsgründung Israels
- Korea gespalten
- UNO-Menschenrechtsdeklaration

1949

- Gründung der NATO
- Grundgesetz für die Bundesrepublik Deutschland verkündet
- Konrad Adenauer erster Bundeskanzler
- Proklamation der Deutschen Demokratischen Republik
- Chinesische Revolution

◀ **7. Mai 1945: Ganz New York feiert das Kriegsende in Europa**

Dienstag 25. Juni

Technik

Die Neugestaltung Berlins erklärt Adolf Hitler in einem Schreiben an den Architekten Albert Speer zur wichtigsten Aufgabe.

Gesellschaft

In einem »general roundup«, einer umfassenden Aktion, werden in Großbritannien deutschsprachige Flüchtlinge interniert. 2500 Menschen führen die Einwanderungsbehörden in Lagern zusammen.

Politik

Den neuen politischen Verhältnissen in Europa müsse verstärkt Rechnung getragen werden. Dazu fordert der Bundespräsident der Schweiz, Marcel Pilet-Golaz in einer Rundfunkansprache auf. Die von den kriegführenden Mächten Deutsches Reich und Italien umschlossene, neutrale Schweiz hat mit der Kapitulation der Westmächte bedeutende Handelspartner verloren.

Wetter

Sonnenhungrige kommen bei einer Durchschnittstemperatur von 19 °C und wenig Regen im Juni 1940 voll auf ihre Kosten. Der langjährige Temperatur-Mittelwert liegt bei 16,5 °C.

1941

Mittwoch 25. Juni

Kultur

Gustaf Gründgens spielt die Titelrolle in dem Film »Friedemann Bach«, der in Dresden uraufgeführt wird. Neben Gründgens spielen Eugen Klöpfer, Wolfgang Liebeneiner und Otto Wernicke unter der Regie von Traugott Müller Hauptrollen in dem Film über den Sohn Johann Sebastian Bachs. Die Werbung für den Film baute auf die Popularität von Gustaf Gründgens, der sich als Generalintendant des Preußischen Staatstheaters sowie als Theater- und Filmschauspieler großer Beliebtheit und Anerkennung erfreut.

Rekorde in den 40er Jahren

5000 m: G. Hägg (SWE) – 13:58,2 min (1942)
Hochsprung: Fanny Blankers-Koen (HOL) – 1,71 m (1943)
Marathon: Suh Yun Bok (KOR) – 2:25:39 h (1947)
Speerwerfen: Natalia Smirnizkaja (URS) – 53,41 m (1949)

Politik

Schweden erklärt sich im Krieg zwischen dem Deutschen Reich und der Sowjetunion für neutral, gestattet jedoch die Überführung deutscher Truppen auf schwedischen Eisenbahnen.

Wetter

Fast ideales Sommerwetter beschert den Menschen im Juni 1941 fast 271 Sonnenstunden, bei einem langjährigen Durchschnitt von 244 Stunden.

Donnerstag 25. Juni

Technik

713 Flugzeuge der Royal Air Force werfen in der Nacht zum Freitag 1450 t Bomben auf die Hansestadt Bremen ab.

Das Extravagante an diesem Sommerkleid – der mit Tapeziernägeln besetzte Gürtel

Gesellschaft

Generalmajor Dwight D. Eisenhower wird Oberbefehlshaber der US-amerikanischen Streitkräfte in Europa. Diese Mitteilung veröffentlicht das Hauptquartier der Armee der Vereinigten Staaten. In einer offiziellen Stellungnahme wird die Ernennung Eisenhowers, vormals Chef der Operationsabteilung des Generalstabs, als »logischer Schritt im Rahmen der Koordinierung der Kriegsbemühungen Großbritanniens und der Vereinigten Staaten« bezeichnet. Eisenhower, der 1890 in Denison (US-Bundesstaat Texas) geboren wurde, absolvierte die Westpoint-Akademie und wurde 1941 Brigadegeneral.

Wetter

Ein kühler Sommermonat ist der Juni 1942. Die durchschnittliche Temperatur liegt nur bei 15,2 °C - mehr als 1 °C unter dem langjährigen Mittelwert.

Freitag 25. Juni

Kultur

Der Film »Romanze in Moll« wird in Berlin uraufgeführt. Unter der Regie von Helmut Käutner spielen u. a. Marianne Hoppe, Paul Dahlke, Ferdinand Marian, Siegfried Breuer und Elisabeth Flickenschildt die Hauptrollen.

Gesellschaft

Ein Antistreikgesetz nimmt der US-Kongreß an. Die Bestimmung verbietet alle Streiks in Regierungsbetrieben, das heißt vor allem in den kriegswichtigen Betrieben.

Das Modemagazin »Esquire« stellt diese Abendmode für den Herrn vor

Technik

Das Ruhrgebiet wird erneut das Ziel alliierter Angriffe. In der Nacht zum 26. Juni greifen britische Bomber die Stadt Gelsenkirchen an.

Wetter

Kaum Sonnenschein bringt der Juni 1943. Nur 192 Stunden läßt sich die Sonne am Himmel sehen. Entsprechend niedrig ist mit 15,8 °C die durchschnittliche Temperatur, die im langjährigen Mittel bei 16,5 °C liegt.

Sonntag 25. Juni

Kultur

Die Theaterwochen finden in Zürich statt. Inmitten der Kriegswirren ist die Theaterbegeisterung der Schweizer ungebrochen. Das Interesse an den zahlreichen Opern- und Schauspielaufführungen ist dementsprechend groß.

Gesellschaft

Die Aufräumarbeiten nach einem Wirbelsturm in den US-Bundesstaaten Pennsylvania und Virginia gehen weiter. Die Katastrophe hat 150 Todesopfer gefordert.

Preise in den 40er Jahren

1 kg Butter	3,50
1 kg Mehl	0,45
1 kg Fleisch	1,60
1 l Vollmilch	0,26
1 Ei	0,12
10 kg Kartoffeln	1,00
1 kg Zucker	0,76
Stundenlohn	0,81

in RM, Stand 1943

Politik

Als Antwort auf verstärkte Aktivitäten dänischer Befreiungskämpfer proklamieren die deutschen Besatzungsbehörden das Standrecht in Kopenhagen, um sich die »Möglichkeit einer schnelleren Behandlung von Verbrechen zu verschaffen...«.

Wetter

Etwas kühl ist der Juni 1944. Die Durchschnittstemperatur liegt 0,7 °C unter dem Mittelwert. Die Sonne scheint nur 175 Stunden.

1945

Montag 25. Juni

Politik

Als irischer Staatspräsident wird in Dublin Sean Thomas O'Kelly, Mitglied der nationalistisch-konservativen Partei Fianna Fail, vereidigt.

Politik

Gegen eine sofortige Vereinigung der KPD (Kommunistische Partei Deutschlands) mit den Sozialdemokraten spricht sich der stellvertretende Vorsitzende der KPD, Walter Ulbricht, auf einer Funktionärstagung seiner Partei in Berlin aus.

Neue Straßennamen für München: Die US-Militärregierung ordnet die Umbenennung aller Straßen und Plätze an, die nach nationalsozialistischen Funktionären benannt sind.

Technik

Die Verwaltung der Eisenbahn wird in der französischen Besatzungszone einer Behörde mit Sitz in Speyer übertragen.

Wetter

Angenehmes Wetter herrscht im Juni 1945, so daß schon im ersten Friedensmonat einige Schwimmbäder wieder ihre Pforten öffnen. Viele Menschen haben aber angesichts des Elends andere Sorgen und sind deshalb froh, wenn das Wetter ihnen keine zusätzlichen Unannehmlichkeiten beschert.

Dienstag 25. Juni

Gesellschaft

Aufgrund kritischer Berichte über die Behandlung von ausgewiesenen Sudetendeutschen durch tschechoslowakische Behörden schränkt die US-Militärregierung die Auflage der in München erscheinenden »Süddeutschen Zeitung« ein.

Gesellschaft

Bischof Maximilian Kaller, vormals Bischof von Ermland in Ostpreußen, ist für die seelsorgerische Betreuung der katholischen Flüchtlinge aus den deutschen Ostgebieten und dem Sudetenland zuständig. Papst Pius XII. hat den Geistlichen am Tag zuvor mit dieser Aufgabe betraut. 1946 leben in den vier Besatzungszonen Deutschlands über 9,5 Mio. Menschen, die ihre Heimat verloren haben. Diesen möglichst schnell ein menschenwürdiges Leben zu ermöglichen und sie in die Gesellschaft im besetzten Deutschland einzugliedern, stellt eine der größten Herausforderungen der Nachkriegszeit dar.

Wetter

Ein verregneter Juni 1946 macht die Hoffnungen auf sonnige Frühsommertage zunichte. Mit 119 mm Niederschlag wird der Mittelwert von 62 mm um fast das Doppelte überboten. Die mittlere Temperatur liegt mit 16,5 °C genau im Durchschnitt.

Mittwoch 25. Juni

Politik

Der Wirtschaftsrat der Bizone konstituiert sich in Frankfurt am Main. Ende Mai waren der britische und der US-amerikanische Militärgouverneur für Deutschland überein gekommen, die Verwaltung des Vereinigten Wirtschaftsgebietes (Bizone) gründlich zu reformieren. Ein entsprechendes Abkommen, sah u. a. die Einrichtung eines Wirtschaftsrates vor, der aus 54 Vertretern der Länderparlamente besteht. Er erhält das Recht, Gesetze zu erlassen, die nach ihrer Billigung durch die Besatzungsmächte für die Länder bindend sind.

Gesellschaft

400 000 Arbeiter und Angestellte treten in Frankreich aus Protest gegen das Sparprogramm der Regierung in den Ausstand.

Zum Preis von 1050 Pfund Sterling wird im Londoner Auktionshaus Sotheby das Manuskript einer Klaviersonate des Komponisten Ludwig van Beethoven versteigert.

Wetter

Eine rekordverdächtige Hitzewelle macht den Menschen schwer zu schaffen. In Deutschland werden 1947 die höchsten Juni-Temperaturen seit 60 Jahren gemessen. Die Hitze treibt Jung und Alt ins kühlende Naß. In Frankfurt am Main zeigt das Thermometer am 30. Juni 38 °C.

Freitag 25. Juni

Politik

Die Lieferung von Lebensmitteln in die drei Westsektoren Berlins wird auf Befehl der sowjetischen Zentralkommandantur eingestellt. Die Blockade Berlins ist damit umfassend. Die Bevölkerung ist auf die Hilfe der Westzonen angewiesen. Am 26. Juni ordnet der US-Militärgouverneur General Lucius D. Clay die Versorgung Berlins aus der Luft an.

Sport

Durch K.o. in der elften Runde verteidigt der US-amerikanische Boxer Joe Louis in New den Weltmeistertitel im Schwergewicht gegen Joe Walcott. Louis gelingt damit, was noch keinem Boxer vor ihm gelang: Zum 25. Mal verteidigt er seinen Titel. Nach dem Fight kündigt der »Braune Bomber« seinen Rücktritt für das kommende Jahr an.

Das Warenlager eines Schwarzhändlers wird in Köln entdeckt. In dem Versteck lagern über 5 Mio. Zigarren und Zigaretten, 1 Mio. Rasierklingen und diverse Autoersatzteile.

Wetter

Südländisches Flair erhält der Juni 1948 durch seine warmen Temperaturen, die im monatlichen Durchschnitt um 1 °C über dem langjährigen Mittel liegen. Gelegentlich bedeckter Himmel und einige Regengüsse stören dabei nur am Rande.

Samstag 25. Juni

Politik

Die drei westlichen Militärkommandanten in Berlin geben Anweisung, den seit dem 20. Mai andauernden Streik der Westberliner Eisenbahner zu beenden. Die Reichsbahn steht unter Verwaltung der sowjetischen Zone. Im Kampf um Forderung nach Auszahlung ihrer Löhne und Gehälter in Westwährung haben die Eisenbahner einen Kompromiß erzielt. 60% der Löhne werden in DM ausgezahlt, der seit März allein gültigen Währung in West-Berlin. Den Restbetrag tauscht der Westberliner Magistrat im Verhältnis 1:1 in Westgeld um.

Stars der 40er Jahre

Humphrey Bogart
Filmschauspieler
John Wayne
Filmschauspieler
Katharine Hepburn
Filmschauspielerin
Hans Albers
Filmschauspieler
Joe Louis
Boxer

Gesellschaft

Berlin wird wirtschaftlich vollständig in das Vereinigte Wirtschaftsgebiet einbezogen. Einen entsprechenden Beschluß faßte der Wirtschaftsrat für die Bizone am Vortag.

Wetter

Deutschland und ganz Europa stöhnen im Juni 1949 unter einer Hitzewelle mit Spitzenwerten von über 30 °C, die bis in den Juli hinein anhält.

ACADEMY AWARDS

Highlights des Jahrzehnts

1950

- Ausbruch des Koreakrieges
- Abschaffung der Lebensmittelmarken in Deutschland

1951

- Debatte um die Wiederaufrüstung Deutschlands
- Skandal um Hildegard Knef als »Sünderin«
- Erster Schritt zur europäischen Einigung: Montanunion perfekt
- Der persische Schah Mohammed Resa Pahlewi heiratet Soraya

1952

- Helgoland wieder unter deutscher Verwaltung
- Staatsstreich in Ägypten
- DDR riegelt Grenze ab
- Dwight D. Eisenhower wird zum 34. US-Präsidenten gewählt
- USA zünden Wasserstoffbombe
- In Deutschland bricht das Fernsehzeitalter an

1953

- Tod des sowjetischen Diktators Josef Stalin
- Volksaufstand in der DDR
- Elisabeth II. zur Königin von Großbritannien und Nordirland gekrönt
- Mount Everest: Höchster Berg der Welt bezwungen

1954

- Französische Niederlage in Vietnam
- Deutschland wird in Bern Fußballweltmeister
- Beginn des Algerienkrieges
- Mit »That's alright Mama« beginnt der Aufstieg von Elvis Presley

1955

- Die Bundesrepublik wird ein souveräner Staat
- Gründung des Warschauer Paktes
- Tragischer Tod von James Dean
- Erste »documenta«

1956

- Traumhochzeit von Grace Kelly und Rainier III. von Monaco
- Volksaufstand in Ungarn
- Suezkrise führt zu Nahostkrieg
- Musical »My Fair Lady« beginnt seinen Siegeszug um die Welt

1957

- Gründung der EWG
- »Sputnik-Schock« bildet Auftakt zu Wettlauf im All
- Heinz Rühmann als »Hauptmann von Köpenick« gefeiert
- Erste Massenimpfung gegen Kinderlähmung

1958

- De Gaulle und Adenauer begründen deutsch-französische Freundschaft
- Rock 'n' Roll-Fieber grassiert weltweit
- Pelé – Star der Fußballweltmeisterschaft in Schweden
- Atomium ist Wahrzeichen der Weltausstellung in Brüssel

1959

- Fidel Castro übernimmt die Macht in Kuba
- Hula-Hoop-Welle schwappt aus den USA nach Europa
- Premiere des Marilyn-Monroe-Films »Manche mögen's heiß«
- Erste Bilder von der Rückseite des Mondes

◀ **Mit 23 schon ein Hollywood-Superstar: Audrey Hepburn mit »Oscar« (1953)**

Sonntag 25. Juni

Politik

Mit dem Überfall nordkoreanischer Truppen auf den Südteil des Landes beginnt der Koreakrieg. Truppen des kommunistisch regierten Norden überschreiten den 38. Breitengrad, die Grenze zum westlich orientierten Südkorea, und dringen in breiter Front auf die Hauptstadt Seoul vor.

Kultur

Mit einem Festakt im Gürzenich beginnt die 1900-Jahr-Feier der Stadt Köln. In einer Festansprache hebt Bundespräsident Theodor Heuss besonders die europäische Bedeutung der Domstadt hervor.

Sport

Durch ein 2:1 über Kickers Offenbach wird der VfB Stuttgart im Berliner Olympiastadion Deutscher Fußballmeister 1950. Das Team aus Schwaben gewinnt zum ersten Mal den Titel.

Wetter

Solides Sommerwetter mit wenig Niederschlag und viel Sonnenschein lockt die Menschen ins Freie zu Badeausflügen, Wanderungen und Radtouren. Die mittlere Lufttemperatur liegt im Juni 1950 um 1,9 °C über dem langjährigen Durchschnitt.

Montag 25. Juni

Gesellschaft

8000 Fleischer treten in Österreich in einen unbegrenzten Lohnstreik. Sie fordern für ihre Arbeit 12% mehr Lohn.

Technik

Um die Eierversorgung in der Bundesrepublik Deutschland für den kommenden Winter zu sichern, hat die Einfuhr- und Vorratsstelle ihre Eierkäufe mit 120 Mio. Stück vorläufig abgeschlossen. 80 Mio. Eier wurden importiert. Die Einlagerung liegt damit um 50% höher als im Vorjahr.

Der US-Sender CBS startet das erste kommerzielle Farb-TV. Eine Varieteshow mit Ed Sullivan, Arthur Godfrey und Faye Emerson wird um 16.35 Uhr Ortszeit ausgestrahlt.

Politik

Im dritten Wahlgang wird Friedrich Wilhelm Lübke (CDU) zum neuen Ministerpräsidenten von Schleswig-Holstein gewählt.

Wetter

Angenehme Temperaturen und Schauer sind im Juni 1951 an der Tagesordnung. Der Monat ist mit 17,2 °C im Durchschnitt 0,7 °C wärmer als im langjährigen Mittel. Mit 98 mm fällt ein Drittel mehr Wasser vom Himmel als gewöhnlich.

Mittwoch 25. Juni

Sport

Im Kampf um die Weltmeisterschaft im Halbschwergewicht unterliegt der US-Boxer Sugar Ray Robinson dem Italo-Amerikaner Joe Maxim in New York durch K.o. in der 14. Runde.

Politik

Norwegen beschließt den Beitritt zum Nordischen Rat, dem bisher Dänemark, Island und Schweden angehören. Der Rat legt den nationalen Parlamenten Gesetzentwürfe vor, die den gemeinsamen Interessen der Mitgliedsländer entsprechen.

Preise in den 50er Jahren

1 kg Butter	6,75
1 kg Mehl	0,76
1 kg Fleisch	5,01
1 l Vollmilch	0,40
1 Ei	0,23
10 kg Kartoffeln	2,14
1 kg Kaffee	21,40
Stundenlohn	1,96

in DM, Stand 1955

Gesellschaft

Das von US-Präsident Harry S. Truman gegen das neue Einwanderungsgesetz eingelegte Veto scheitert an der Zweidrittelmehrheit im Parlament. Das Gesetz sieht die Beibehaltung der 1920 festgeschriebenen Quoten vor.

Wetter

Etwas feuchter als der langjährige Mittelwert verheißt, ist der Juni 1952. Es regnet 74 mm.

Donnerstag 25. Juni

Politik

Die DDR-Regierung beschließt Sofortmaßnahmen, die zur Verbesserung der Versorgungslage beitragen sollen. So werden u. a. Lebensmittelvorräte aus staatlichen Beständen zum Verkauf freigegeben. Der Staatssicherheitsminister der DDR, Wilhelm Zaisser, teilt am gleichen Tag mit, daß beim Aufstand vom 17. Juni 25 Menschen getötet wurden, darunter 19 Demonstranten.

Gesellschaft

Ein neues Wahlgesetz verabschiedet der deutsche Bundestag in Bonn nach einer langwierigen innenpolitischen Auseinandersetzung. Auch der Bundesrat stimmt am 3. Juli zu. Das Wahlgesetz sieht u. a. vor, daß die Zahl der Wahlkreise von 200 auf 242 erhöht wird, die Wähler zwei Stimmen erhalten und nur die Parteien, die bundesweit einen Stimmenanteil von mindestens 5% erringen, in den Bundestag einziehen können (sog. Sperrklausel).

Wetter

Sintflutartige Regenfälle charakterisieren den Juni 1953. Bei einer Monatstemperatur, die 2 °C über dem Mittelwert von 16,5 °C liegt, wird die durchschnittliche Niederschlagsmenge mit 202 mm um mehr als das Dreifache überschritten.

Freitag 25. Juni

Sport

Beim Ulster-Grand-Prix im nordirischen Belfast gibt es in der 250-ccm-Klasse einen dreifachen Sieg für NSU. Weltmeister Werner Haas gewinnt vor Alfred Baltisberger und Hermann Paul Müller.

Politik

Die voneinander abweichenden Sicherheitskonzepte der USA und Großbritanniens für den südostasiatischen Raum sind Thema der Beratungen, die in Washington beginnen.

Politik

Die Entwicklung der Bundesrepublik von der Demokratie zur Herrschaft einiger weniger voranzutreiben, wirft der ehemaligen baden-württembergische Ministerpräsident Reinhold Maier (FDP) Bundeskanzler Konrad Adenauer (CDU) vor.

Stars der 50er Jahre

Marilyn Monroe
Filmschauspielerin
James Dean
Filmschauspieler
Elvis Presley
Sänger
Sophia Loren
Filmschauspielerin
Brigitte Bardot
Filmschauspielerin

Wetter

Bei durchschnittlichen Niederschlagsmengen von 62 mm scheint die Sonne im Juni 1954 mit 254 Stunden zehn Stunden länger als im langjährigen Mittel.

Samstag 25. Juni

Technik

Auf der Gelsenkirchener Zeche »Nordstern« fordert ein Grubenunglück 14 Todesopfer. Der Unfall ereignet sich, als bei Sprengarbeiten ein mangelhaft gesicherter Schacht einstürzt.

Gesellschaft

Nach Angaben der Deutschen Reichsbahn werden in der DDR erstmals Schlafwagen 3. Klasse eingesetzt. Der Bettenpreis beträgt 8 Mark gegenüber 30 Mark in der 2. Klasse. Auf getrennte Abteile muß der Reisende jedoch verzichten.

Kultur

Die UNO bereitet sich auf ihr zehnjähriges Jubiläum vor. Aus Anlaß des Geburtstags findet am Folgetag in San Francisco eine Vollversammlung statt, an der Delegationen aus den 60 Mitgliedsstaaten teilnehmen.

Wetter

Sonnenschein, aber niedrige Temperaturen und weniger Regen als gewöhnlich bringt der Juni 1955. Die Sonnenscheindauer summiert sich auf 235 Stunden. Nur 15,2 °C beträgt die mittlere Lufttemperatur - 1,3 °C weniger als der Mittelwert.

Montag 25. Juni

Sport

Das Haus des Rundfunks in West-Berlin wird von der sowjetischen Regierung an den Senat der Stadt übergeben. Das Gebäude war seit 1945 eine sowjetische Enklave im britischen Sektor.

Gesellschaft

Der Schah des Iran, Mohammad Resa Pahlawi, trifft mit Kaiserin Soraya in Moskau zu einem offiziellen Staatsbesuch in der Sowjetunion ein.

Stets korrekt und im Zweifelsfall eher weit geschnitten: Herrenmode in den 50ern

Politik

Gegenüber ägyptischen Journalisten erklärt der sowjetische Parteichef Nikita S. Chruschtschow, ein Krieg zwischen Israel und den arabischen Nachbarn würde zwangsläufig den dritten Weltkrieg auslösen.

Wetter

Der Juni 1956 fällt total ins Wasser, entsprechend rar macht sich die Sonne. Die Niederschlagsmenge liegt mit 102 mm weit über dem Monatsmittel (62 mm). Dagegen lacht die Sonne nur 141 Stunden. Der Durchschnitt beträgt 244 Stunden.

Dienstag 25. Juni

Gesellschaft

Der Preis für drei Pfund Kartoffeln ist in Frankfurt am Main auf 1,10 DM bis 1,20 DM geklettert. Vor Jahresfrist kostete die gleiche Menge 70 Pfennig.

Politik

Seinen Rücktritt vom Rücktritt verkündet der italienische Ministerpräsident Adone Zoli (Christlich-Demokratische Partei) vor dem Parlament. Staatspräsident Giovanni Gronchi hatte ihn gebeten, weiterhin die Regierung zu leiten, nachdem alle mit der Regierungsbildung beauftragten Politiker gescheitert waren. Zoli war zurückgetreten, weil er bei einem Vertrauensvotum im Parlament nur mit den Stimmen der von ihm abgelehnten Neofaschisten die Mehrheit erreichen konnte.

Für eine gute Figur auf der Tanzfläche: Kleid aus Chiné-Taft

Wetter

Eine Hitzewelle setzt im Juni 1957 ein. An insgesamt 15 Tagen bringt sie Temperaturen von über 30 °C. Mangels Niederschlägen muß in manchen deutschen Regionen und Großstädten bereits der Wassernotstand ausgerufen werden.

Mittwoch 25. Juni

Politik

Gaston Eyskens bildet eine Minderheitsregierung aus Mitgliedern der Christlich-Sozialen Partei, die über 104 der 212 Abgeordnetensitze in Brüssel verfügt, nachdem die belgische Koalitionsregierung aus Sozialisten und Liberalen bei den Parlamentswahlen verloren hat.

Rekorde in den 50er Jahren

Kugelstoßen: Jim Fuchs (USA) – 17,95 m (1950)
10 000 m: Emil Zátopek (TCH) – 28:54,6 min (1954)
800 m: R. Moens (BEL) – 1:45,7 min (1955)
Eisschnellauf: Eugen Grischin (URS) – 1000 m in 1:22,8 min (1955)

Gesellschaft

Das Frauenstimmrecht in der Schweiz bleibt umstritten. In Riehen im Halbkanton Basel-Stadt sprechen sich am folgenden Tag die - männlichen - Wahlberechtigen mit Mehrheit für das Frauenstimmrecht aus. Die etwa 900 Bewohnerinnen der Gemeinde sind die ersten Schweizerinnen, die wählen dürfen. Am gleichen Tag verwehren die Männer der Nachbargemeinde Bettingen den Frauen das Wahlrecht.

Wetter

Der Juni 1958 geizt mit Sonne, er weist bei einem langjährigen Mittelwert von 244 nur 190 Sonnenstunden auf. Entsprechend ist der Monat mit 15,5 °C um 1 °C kühler als der Durchschnitt.

Donnerstag 25. Juni

Sport

Die 46. Tour de France startet im französischen Mühlhausen. Das berühmteste und schwerste Radrennen der Welt dauert dreieinhalb Wochen und geht über eine Distanz von 4363 km.

Politik

Für eine Mittelmeer-Allianz zwischen Frankreich und Italien sowie den arabischen Ländern Marokko und Tunesien wirbt der französische Staatspräsident Charles de Gaulle während eines Besuchs in Italien. Ziel soll u. a. die Minderung der Spannungen zwischen Israel und den Arabern sein.

Kultur

Bei den Göttinger Händel-Festspielen wird zum ersten Mal ein Oratorium des deutschen Komponisten, das 1745 entstandene Werk »Belsazar«, in einer Kirche szenisch aufgeführt.

Wetter

Ausgesprochen sonnig präsentiert sich der Juni 1959 mit 304 Sonnenstunden. Alle Aktivitäten im Freien werden durch die geringe Regenneigung begünstigt. Es fallen nur 35 mm Niederschlag. Der langjährige Durchschnitt liegt bei 62 mm.

1960–1969

Highlights des Jahrzehnts

1960

- Gründung der EFTA
- Frankreich wird 4. Atommacht
- John F. Kennedy wird 35. Präsident der USA
- Hochzeit des Jahres: Fabiola und König Baudouin von Belgien

1961

- Erster Mensch im Weltraum: der Russe Juri Gagarin
- Bau der Mauer in Berlin
- Gründung von Amnesty International

1962

- Flutkatastrophe an der Nordseeküste und in Hamburg
- Kuba-Krise: USA erzwingen Abbau sowjetischer Raketenbasen
- »Spiegel«-Affäre löst Regierungskrise aus
- Start der erfolgreichsten Serie der Kinogeschichte: James Bond

1963

- Deutsch-Französischer Freundschaftsvertrag
- US-Präsident Kennedy wird in Dallas erschossen
- Marika Kilius und Hans-Jürgen Bäumler werden Weltmeister im Eiskunstlaufen

1964

- Die USA greifen in den Vietnamkrieg ein
- Revolution in der Damenmode: der Minirock
- Der 22jährige Cassius Clay wird jüngster Boxweltmeister
- UdSSR: Breschnew neuer KP-Chef
- Erfolgreichste Pop-Gruppe der 60er: die Beatles
- Den Rolling Stones gelingt der internationale Durchbruch

1965

- Im Alter von 90 Jahren stirbt in London Winston Churchill
- Erste Fotos vom menschlichen Embryo im Mutterleib
- Ziehung der Lottozahlen erstmals im Fernsehen

1966

- Große Koalition aus CDU/CSU und SPD gebildet
- APO beginnt sich zu formieren

1967

- Sechs-Tage-Krieg in Nahost
- Erste Herztransplantation
- Bürgerkrieg in Biafra
- Kult-Musical »Hair« wird uraufgeführt

1968

- Ermordung des schwarzen Bürgerrechtlers Martin Luther King und des US-Präsidentschaftskandidaten Robert Kennedy
- »Prager Frühling« durch Einmarsch von Warschauer-Pakt-Truppen beendet
- Aufklärungswelle erreicht den Schulunterricht

1969

- Willy Brandt wird Kanzler einer sozialliberalen Koalition
- Der erste Mensch betritt den Mond
- »Sesamstraße« begeistert Millionen von Kindern
- Rockfestival in Woodstock

◀ **John, Paul, George und Ringo: Beatlemania von München bis Manila**

Samstag 25. Juni

Sport

Im Endspiel um die Deutsche Fußballmeisterschaft besiegt der Hamburger SV im Frankfurter Waldstadion den 1. FC Köln mit 3:2.

Sport

Das Duell der beiden traditionsreichen Wiener Mannschaften um den österreichischen Fußballpokal gewinnt in der Landeshauptstadt Austria Wien mit 4:2 gegen Rapid Wien.

Politik

Siebentägige Beratungen von Vertretern kommunistischer Parteien, die aus Anlaß des dritten Parteitages der Rumänischen Arbeiterpartei stattfanden, enden in Bukarest. Die chinesische Delegation widerspricht der Auffassung des sowjetischen Ministerpräsidenten Nikita S. Chuschtschow, daß ein friedlicher Weg zum Sozialismus möglich sei.

Wetter

Angenehmes Sommerwetter und eine Durchschnittstemperatur, die mit 17,4 °C rd. 1 °C über dem langjährigen Mittel liegt, bietet der Juni 1960. Entsprechend scheint die Sonne länger als im Juni-Durchschnitt und es gibt weniger Niederschläge.

Sonntag 25. Juni

Politik

Die Südtirol-Frage bleibt ungeklärt. In Zürich scheitern die am Vortag begonnenen Verhandlungen zwischen dem österreichischen Außenminister Bruno Kreisky und seinem italienischen Amtskollegen Antonio Segni.

Politik

Gegen den Widerstand von Großbritannien und Jordanien beansprucht Irak die Eingliederung des Emirats Kuwait, das am 19. Juni seine Unabhängigkeit von Großbritannien erklärt hat.

Gesellschaft

Die Bauernunruhen in der Bretagne und Nordfrankreich greifen in größerem Umfang auch auf Südfrankreich über. Die Bewegung bedroht durch Ausmaß und Heftigkeit die innere Ordnung und Autorität des französischen Staates.

Wetter

Ein überdurchschnittlich warmer Juni mit mäßigen Niederschlagsmengen sorgt 1961 für einen angenehmen Frühsommer. Die Sonne scheint während des schönen Frühsommermonats insgesamt 30 Stunden länger als im Durchschnitt.

Montag 25. Juni

Politik

Zu einem dreitägigen Staatsbesuch und Gesprächen über Europa trifft der österreichische Bundeskanzler Alfons Gorbach in Frankreich ein.

Gesellschaft

In Laos herrscht wieder Frieden. Am Tag zuvor wurden nach 22 Monaten Bürgerkrieg die Kampfhandlungen eingestellt. Am 23. Juni hatte König Savang Vatthana die neue laotische Koalitionsregierung unter Ministerpräsident Suvanna Phuma proklamiert. Auf Beschluß der internationalen Laos-Konferenz in Genf verpflichtet sich die neue Regierung zu strikter Neutralität. In seinem Regierungsprogramm betont Ministerpräsident Suvanna Phuma, daß Laos entschlossen sei, den Weg des Friedens und der Neutralität zu gehen. Es werde u. a. an keinem fremden Militärbündnis teilnehmen.

Stars der 60er Jahre

Die Beatles
Popgruppe
Sean Connery
Filmschauspieler
Pelé
Fußballspieler
Jean Paul Belmondo
Filmschauspieler
Dustin Hoffman
Filmschauspieler

Wetter

Kühle Witterung charakterisiert den Juni 1962. Deshalb bleiben auch die Strandkörbe und Freibäder in Deutschland weitgehend leer.

Dienstag 25. Juni

Politik

US-Präsident John F. Kennedy weilt zu einem Besuch in der Bundesrepublik. Am folgenden Tag reist er nach Berlin. Die Einwohner bereiten dem Hoffnungsträger aus den Staaten einen begeisterten Empfang. Vor dem Schöneberger Rathaus hält Kennedy eine Rede, die mit dem berühmten Satz schließt: »Ich bin ein Berliner!«. Das Bekenntnis soll die Verbundenheit des US-Präsidenten mit den Menschen in der Stadt verdeutlichen.

Politik

Mit großer Mehrheit wird der Vorsitzende der IG Bau Steine Erden, Georg Leber, vom sechsten Ordentlichen Gewerkschaftskongreß der IG Bau in Berlin wiedergewählt.

Gesellschaft

Die bolivianische Regierung bricht die diplomatischen Beziehungen zu Südafrika wegen der dortigen Apartheidspolitik ab.

Wetter

Mit wenig Regen und höheren Temperaturen als gewöhnlich ist der Juni 1963 ein ausgesprochen angenehmer Frühsommermonat.

Donnerstag 25. Juni

Kultur

Der US-Spielfilm »Circus World« wird uraufgeführt. Hollywood-Star John Wayne ist als der Zirkusmanager Matt Masters zu sehen, der mit seiner Wildwestshow auf Europatournee geht.

»Mini« heißt das Schlagwort der 60er – hier in Form eines Strickkleides

Gesellschaft

Das Bonner Schwurgericht verkündet die Urteile im sog. Kroatenprozeß gegen die 25 Attentäter, die am 29. November 1962 einen Überfall auf das jugoslawische Dienstgebäude im Bonner Vorort Mehlem unternommen hatten. Die beiden Hauptangeklagten werden von den Richtern zu 15 bzw. vier Jahren Zuchthaus verurteilt.

Wetter

Viel Sonne, Hitze und viel Regen machen den Juni 1964 zu einem Monat der Extreme. 312 Sonnenstunden liegen weit über dem Mittelwert von 244 Stunden. Allerdings wird auch der Niederschlagsmittelwert von 62 mm um 46 mm überschritten. Bei im Schnitt 18,7 °C sind in diesem Sommermonat Freibäder und Eisdielen beliebte Treffpunkte.

Freitag 25. Juni

Technik

Die Internationale Verkehrsausstellung (IVA) wird vor Delegierten aus mehr als 30 Ländern in München eröffnet. Für 101 Tage präsentieren 36 Staaten Beiträge zur Entwicklung des Verkehrs zu Luft, Wasser und Land. Neben dem historischen Teil stehen Modelle des Verkehrs der Zukunft. Die Darstellung der Eisenbahnentwicklung reicht von der »Adler«-Lokomotive, die als erste deutsche Bahn 1835 zwischen Nürnberg und Fürth verkehrte, bis zum modernen Hochgeschwindigkeitszug.

Kurzer Mantel mit Schlaghose: Auch in die Männermode kommt Bewegung

Politik

Die Anerkennung der Oder-Neiße-Linie als Westgrenze Polens macht der polnische Ministerpräsident Józef Cyrankiewicz zur Hauptvoraussetzung für eine politische Zusammenarbeit mit der Bundesrepublik.

Wetter

Mit etwas weniger Sonne als üblich (228 Stunden) läßt sich gut leben, da die Durchschnittstemperatur im Juni 1965 mit 16,8 °C um 0,3 °C höher liegt als der langjährig registrierte Mittelwert.

1966

Samstag 25. Juni

Politik

Als erstes kommunistisches Land nimmt Jugoslawien wieder diplomatische Beziehungen zum Vatikan auf, die es vor 14 Jahren abgebrochen hatte.

Gesellschaft

Über die schweren Zusammenstöße während des »Marschs gegen die Furcht«, den schwarze Bürgerrechtler unter Führung von Martin Luther King veranstalten, informieren die politischen Berichterstatter. Am Vortag war es im US-Bundesstaat Mississippi zu Ausschreitungen zwischen 2500 Demonstranten und der Polizei gekommen. Als die Teilnehmer des Marsches auf einem Schulhof in Canton Zelte zum Übernachten aufschlagen wollen, gehen etwa 100 Polizisten mit Knüppeln und Tränengas gegen sie vor.

Preise in den 60er Jahren

1 kg Butter	7,58
1 kg Mehl	1,06
1 kg Fleisch	7,91
1 l Vollmilch	0,50
1 Ei	0,21
10 kg Kartoffeln	2,88
1 kg Kaffee	16,61
Stundenlohn	4,15

in DM, Stand 1964

Wetter

Ein ungestümer Juni mit sehr warmen Temperaturen und starken Regengüssen sorgt 1966 für meteorologische Abwechslung. Die monatliche Durchschnittstemperatur liegt 1,8 °C über dem langjährigen Mittelwert.

Sonntag 25. Juni

Sport

Wegen Kriegsdienstverweigerung wird der ehemalige Boxweltmeister aller Klassen, Muhammad Ali alias Cassius Clay, von einem Gericht in Houston zu fünf Jahren Gefängnis verurteilt. Der vielumjubelte Boxstar lehnte es im April vor den Offizieren der Erfassungskommission ab, den Eid auf die US-amerikanische Fahne abzulegen. Am 9. Mai wird Ali, der gläubiges Mitglieder der »Black Muslim« geworden ist, sein Weltmeistertitel aberkannt. Mit seinem Übertritt zum moslemischen Glauben nahm der Boxer seinen neuen Namen Muhammad Ali an.

Stacheliges Jubiläum: Vor 100 Jahren ließ sich Lucien B. Smith aus Ohio die Erfindung des Stacheldrahts patentieren. Die Stacheln ragten aus kleinen Holzklötzchen heraus, die an einer Drahtlitze aufgereiht wurden.

Sport

Ganz überlegen gewinnt der italienische Radrennfahrer Gianni Motta die Tour de Suisse.

Wetter

Mit 15,8 °C bringt der Juni 1967 kühle Witterung. Neben dem Pullover ist auch der Regenschirm ein wichtiges Utensil. Die Niederschlagsmenge liegt mit 87 mm klar über dem Durchschnitt von 62 mm.

Dienstag 25. Juni

Sport

Die 82. All-England-Tennismeisterschaften von Wimbledon beginnen. Die Spiele, an denen zum ersten Mal auch Profis teilnehmen, werden durch starke Regenfälle behindert.

Politik

Die Nationalversammlung der ČSSR verabschiedet in Prag ein Gesetz zur Rehabilitierung der Opfer politischer Prozesse seit 1948 und hebt die Pressezensur völlig auf.

Politik

Der Ministerrat des Nordatlantikpaktes erklärt sich auf seiner Tagung in Reykjavik zu Verhandlung mit allen interessierten Staaten über beiderseitige und ausgewogenen Truppenverminderungen in Mitteleuropa bereit. Das sog. Signal von Reykjavik richtet sich in erster Linie an die osteuropäischen Staaten des Warschauer Paktes.

Wetter

Warme Temperaturen und wenig Regen verlocken im Juni 1968 zum Aufenthalt unter freiem Himmel. Mit 18,1 °C liegt die durchschnittliche Temperatur um 1,6 °C über dem Mittelwert.

Mittwoch 25. Juni

Technik

Die Bundesregierung stimmt einem Vertrag mit Frankreich über den Ausbau des Oberrheins zu. Danach soll der Rhein gemeinsam von Kehl/Straßburg bis Neuburgweiler/Lauterburg ausgebaut werden. So ist u. a. der Bau zweier Staustufen vorgesehen. Mit dieser Maßnahme soll die drohende »Austiefung« der Rheinsohle und das damit verbundene Absinken des Grundwasserspiegels in der Rheinebene verhindert werden.

Rekorde in den 60er Jahren

Stabhochsprung: Brian Sternberg (USA) – 5,00 m (1963)
Hochsprung: V. Brumel (URS) – 2,28 m (1963)
Weitsprung: Bob Beamon (USA) – 8,90 m (1968)
100 m: Jim Hines (USA) – 9,9 sec (1968)

Politik

Der Rat der Organisation amerikanischer Staaten (OAS) stimmt in Washington der Aufnahme Jamaikas in die OAS zu. Die Aufnahme erfolgt mit 20 Ja- und einer Nein-Stimme (Paraguay).

Wetter

Mit leicht erhöhten Niederschlagswerten und einer um 10% geringeren Sonnenscheindauer als im Monatsmittel ist der Juni 1969 ein Sommermonat mit kleinen Fehlern. Die mittlere Temperatur liegt mit 16,6 °C im langjährigen Durchschnitt.

ORLANDO FLORIDA
ATLANTA GEORGIA
Walt Disney World
HAPPY
FROM
MAYORS and
AROUND

1970-1979

Highlights des Jahrzehnts

1970

- Neue deutsche Ostpolitik: Moskauer und Warschauer Vertrag
- Vietnamkrieg weitet sich auf Kambodscha aus
- Einstellung des Contergan-Prozesses

1971

- Einführung des Frauenwahlrechts in der Schweiz
- Friedensnobelpreis für Willy Brandt
- Hot pants – Modeschlager der Saison
- Kinohit »Love Story« rührt Millionen Zuschauer zu Tränen

1972

- Unterzeichnung des Rüstungskontrollabkommens SALT I
- Verhaftung von Baader-Meinhof-Terroristen
- Überfall palästinensischer Terroristen auf die israelische Mannschaft bei den Olympischen Spielen in München
- Unterzeichnung des Grundvertrages zwischen Bundesrepublik und DDR

1973

- Aufnahme beider deutscher Staaten in die UNO
- USA ziehen ihre Truppen aus Vietnam zurück
- Jom-Kippur-Krieg in Nahost
- Ölkrise: Sonntagsfahrverbot auf bundesdeutschen Straßen

1974

- Guillaume-Affäre stürzt Willy Brandt, neuer Bundeskanzler wird Helmut Schmidt
- Watergate-Affäre zwingt US-Präsident Nixon zum Rücktritt
- Deutschland wird Fußballweltmeister
- »Nelkenrevolution« in Portugal

1975

- Beginn des Bürgerkriegs im Libanon
- Unterzeichnung der KSZE-Schlußakte in Helsinki
- Spanien: Tod Francos und demokratische Reformen unter König Juan Carlos I.
- Einweihung des 3 km langen Elbtunnels in Hamburg
- Volljährigkeit von 21 auf 18 Jahre herabgesetzt

1976

- Umweltkatastrophe in Seveso
- Anschnallpflicht für Autofahrer
- Traumhochzeit des Jahres: Karl XVI. Gustav von Schweden heiratet die Deutsche Silvia Sommerlath

1977

- Entführung und Ermordung des Arbeitgeberpräsidenten Hanns Martin Schleyer
- Emanzipationswelle: Frauenzeitschrift »Emma« erscheint

1978

- Friedensverhandlungen zwischen Israel und Ägypten in Camp David
- In England kommt das erste Retortenbaby zur Welt

1979

- Überfall der Sowjetunion auf Afghanistan
- Schiitenführer Khomeini proklamiert im Iran die Islamische Republik
- Sandinistische Revolution beendet Somoza-Diktatur in Nicaragua

◀ **Auf 113 km^2 sind ab 1971 in Disneyworld (Orlando) Träume käuflich**

Donnerstag 25. Juni

Politik

Als »Vertrauensbruch« bezeichnet das SPD-Präsidium ein Treffen von Jungsozialisten mit dem DDR-Staatsratsvorsitzenden Walter Ulbricht vom 18. Juni. Das Verhältnis zwischen Parteiführung und Jusos war auch vorher schon angespannt.

Politik

An der israelisch-syrischen Grenze, im Gebiet des Golan, kommt es zu schweren Kämpfen zwischen Truppen der verfeindeten Länder.

Gesellschaft

Die Errichtung einer Bund-Länder-Kommission für Bildungsplanung besiegeln die Regierungschefs der Bundesländer und Bundeskanzler Willy Brandt (SPD). Das Gremium soll u.a. einen langfristigen Rahmenplan für eine abgestimmte Entwicklung des Bildungswesens und Finanzierungspläne vorlegen.

Wetter

Ideales Badewetter bringt ein heißer und sonniger Juni 1970. Die Durchschnittstemperatur liegt ganze 2° C über dem langjährigen Mittelwert. Die Sonne scheint in diesem herrlichen Sommermonat rekordverdächtige 308 Stunden (Mittelwert: 244 Stunden).

Freitag 25. Juni

Politik

Die Arbeits- und Sozialminister der sechs EWG-Mitgliedsstaaten einigen sich in Brüssel über die Aufteilung des europäischen Sozialfonds. Etwa 60% der Geldmittel sollen für Bekämpfung der Arbeitslosigkeit und 40% für Aus- und Weiterbildung zur Verfügung gestellt werden.

Stars der 70er Jahre

Robert de Niro
Filmschauspieler
Jane Fonda
Filmschauspielerin
Woody Allen
Filmregisseur
Steven Spielberg
Filmregisseur
Muhammad Ali
Boxer

Gesellschaft

Das Bundesverfassungsgericht entscheidet, daß das Vertriebsverbot für kinder- und jugendgefährdende Schriften im Versandhandel mit dem Grundgesetz vereinbar ist.

Gesellschaft

Für die Beibehaltung des Paragraphen 218 spricht sich der Verband der Niedergelassenen Ärzte in Deutschland aus, da jede Schwangerschaftsunterbrechung eine »Vernichtung neuen Lebens sei«.

Wetter

Wenig Trost für Sonnenanbeter bietet der Juni 1971. Die Sonne scheint lediglich 149 Stunden.

Sonntag 25. Juni

Technik

Trotz zahlreicher Proteste im In- und Ausland beginnt Frankreich mit einer neuen Kernwaffenversuchsserie über dem Pazifikatoll von Mururoa.

Politik

Ingrid Matthäus wird zur Bundesvorsitzenden der FDP-nahen Deutschen Jungdemokraten gewählt. Damit übernimmt erstmals eine Frau die Führung einer großen politischen Jugendorganisation in der Bundesrepublik Deutschland.

Kultur

Auf der Grundlage der durch den Warschauer Vertrag geschaffenen internationalen Rechtslage - Anerkennung der Oder-Neiße-Linie - wandelt Papst Paul VI. die früheren deutschen Diözesen Stettin, Köslin/Kolberg, Landsberg a. d. Warthe, Oppeln, Danzig und Allenstein in polnische Bistümer um.

Wetter

Etwas regnerisch und mit 215 Sonnenstunden rund 30 Stunden sonnenärmer als im langjährigen Mittel präsentiert sich der Juni 1972. Ein Lichtblick ist, daß die Durchschnittstemperatur von 16,3 °C annähernd dem langjährigen Mittel entspricht.

Montag 25. Juni

Gesellschaft

Eine Aktion gegen Preisabsprachen in der Bauindustrie führen die Kriminalpolizei und das Bundeskartellamt auf dem Gebiet der Bundesrepublik Deutschland durch.

Politik

Der einwöchige Staatsbesuch Leonid I. Breschnews in den USA geht zu Ende. Während seines Aufenthalts wurde am 22. Juni ein US-amerikanisch-sowjetisches Abkommen zur Verhinderung eines Atomkriegs geschlossen, das beide Staaten bei Kriegsgefahr zu gegenseitigen Konsultationen verpflichtet. Darüber hinaus diente der Besuch dazu, die Annäherung der Supermächte in anderen Gebieten auszubauen. So wurde u. a. ein Abkommen über die Handelsmarine und eine Vereinbarung über Kredite geschlossen.

Rekorde in den 70er Jahren

100 m: Marlies Göhr (GDR) – 10,88 sec (1977)
Hochsprung: Rosemarie Ackermann (GDR) – 2,00 m (1977)
Weitsprung: Vilma Bardauskiene (URS) – 7,09 m (1978)
800 m: S. Coe (GBR) – 1:42,4 min (1979)

Wetter

Sonnig, warm und trocken ist der Juni 1973. Die Niederschlagsmenge liegt mit 28 mm um mehr als 50% unter dem langjährigen Mittel von 62 mm.

Dienstag 25. Juni

Technik

Die unbemannte Weltraumstation »Saljut 3« wird von der UdSSR gestartet. Der Flug hat das Ziel, die Station selbst zu testen. Der Start dient zudem der Vorbereitung auf den für 1975 geplanten gemeinsamen Flug von Apollo- und Sojus-Raumschiffen.

Ausgestellte Hosen und viel Schmuck trägt die moderne Frau in den 70er Jahren

Politik

Chiles Militärjunta festigt die Diktatur. General Augusto Pinochet Ugarte wird als »Oberster Führer der Nation« eingesetzt. Das Militär hat im September 1973 den sozialistischen Präsidenten Salvador Allende Gossens gestürzt. Daß eine Rückkehr zur Demokratie nicht geplant ist, kündigte Pinochet bereits im Februar an.

Wetter

Für die Jahreszeit zu kühl und regnerisch, so unerfreulich präsentiert sich der Juni 1974. Die Niederschlagsmenge liegt mit 93 mm um ein Drittel über dem langjährigen Mittelwert. Die Sonnenscheindauer bleibt mit 183 Stunden weit unter dem langjährigen Durchschnittswert von 244 Stunden.

Mittwoch 25. Juni

Politik

Nach fast 500jähriger Kolonialherrschaft der Portugiesen wird Moçambique unabhängig. Staats- und Regierungschef der Volksrepublik wird Samora Moises Machel, der Führer der Befreiungsbewegung FRELIMO. Das afrikanische Land wurde 1498 von dem Seefahrer Vasco de Gama entdeckt und 1505 von den Portugiesen besiedelt.

Politik

Helmut Kohl (CDU), rheinland-pfälzischer Ministerpräsident, wird von den Delegierten des Bundesparteitags in Mannheim als Bundesvorsitzender der Christdemokraten in seinem Amt bestätigt. Sie unterstützen damit das Votum der Präsidien von CDU und CSU, die Kohl am 19. Juni zum Kanzlerkandidaten beider Parteien für die Bundestagswahl 1976 bestimmt haben.

Voll im Zeitgeschmack: Der Midimantel mit aufgesetzten Taschen für kalte Winter

Wetter

Weniger Regengüsse als gewöhnlich und mit 223 Stunden ausreichend Sonne machen den Juni 1975 zu einem Monat, der für Aktivitäten im Freien wie geschaffen ist.

Freitag 25. Juni

Politik

Ugandas Staatschef Idi Amin wird vom Verteidigungsrat zum Präsidenten auf Lebenszeit proklamiert. Zur Begründung heißt es, der Feldmarschall habe in wenigen Jahren mehr erreicht, als ein normaler Mensch in einem Jahrhundert schaffen könne. Nach UNO-Schätzungen sind der Schreckensherrschaft Idi Amins bereits mehrere hunderttausend Menschen zum Opfer gefallen.

Kultur

Den diesjährigen Bundesfilmpreis erhält Peter Lilienthal für seinen Film »Es herrscht Ruhe im Land«. Der Streifen schildert die von Unterdrückung und Gewalt geprägte Atmosphäre in Chile unter der Militärjunta.

Gesellschaft

Zu spontanen Arbeitsniederlegungen kommt es in Polen, nachdem die Regierung Preiserhöhungen für Grundnahrungsmittel angekündigt hat.

Wetter

Ein traumhafter Juni 1976 läßt keine Wünsche mehr offen. Die Sonne lacht mit 283 Stunden 40 Stunden länger als im langjährigen Mittel.

Samstag 25. Juni

Kultur

Mit einer feierlichen Grundsteinlegung beginnt in Dresden der Wiederaufbau der im Zweiten Weltkrieg fast völlig zerstörten, weltberühmten Semper-Oper. Die nach den Originalplänen des Baumeisters Gottfried Semper ausgeführten Bauarbeiten dauern fast acht Jahre und kosten über 1,2 Mrd. DM.

Kultur

Nach dem Urteil der Kritiker ragen auf der am Vortag in Kassel eröffneten internationalen Kunstschau documenta 6 die Bereiche Skulptur und Plastik sowie Video-Installation hervor.

Sport

Ein erfolgreiches Abschneiden deutscher Segler zeichnet sich am vorletzten Tag der 95. Kieler Woche ab. Auf der sechstägigen Veranstaltung erringen sie insgesamt acht Medaillen und werden somit zum erfolgreichsten Team.

Wetter

Viel Regen und wenig Sonne charakterisieren einen überdurchschnittlich warmen Juni 1977. Die Niederschlagsmenge liegt mit 95 mm klar über dem langjährigen Mittel von 62 mm.

1978

Sonntag 25. Juni

Sport

Fußballweltmeister im eigenen Land wird Argentinien nach einem 3:1-Erfolg gegen die Niederlande. Zweifacher Torschütze für die Südamerikaner ist der WM-Superstar Mario Kempes. Die deutsche Fußball-Nationalmannschaft scheidet als amtierender Weltmeister in der zweiten Finalrunde nach einem 0:0 gegen Italien, einem 2:2 gegen die Niederlande und der »Schande von Cordoba«, dem 2:3 gegen Österreich, aus dem Turnier aus.

Preise in den 70er Jahren

1 kg Butter	8,36
1 kg Mehl	1,16
1 kg Fleisch	10,15
1 l Vollmilch	1,06
1 Ei	0,22
10 kg Kartoffeln	6,44
1 kg Zucker	1,65
Stundenlohn	10,40
in DM, Stand 1975	

Politik

Bei den Parlamentswahlen auf Island müssen die Parteien der bürgerlichen Regierungskoalition schwere Verluste hinnehmen. Mit 32 von 60 Mandaten können sie ihre Parlamentsmehrheit jedoch behaupten.

Wetter

Ein eher kühler Juni mit 30 Sonnenstunden weniger als im langjährigen Mittel erfüllt 1978 nicht alle Erwartungen, die an einen Sommermonat zu stellen sind. Einziger Trost: Die geringe Niederschlagsmenge, die mit 39 mm klar unter dem Durchschnittswert von 62 mm liegt.

Montag 25. Juni

Politik

Vier Tage vor seiner geplanten Ablösung als NATO-Oberbefehlshaber wird auf den US-amerikanischen General Alexander M. Haig im belgischen Casteau ein Sprengstoffanschlag verübt. Der General, der die US-Präsenz in Europa durch die Stationierung zweier zusätzlicher Brigaden in Deutschland erhöht hatte, bleibt unverletzt. Die Täter können unerkannt entkommen. Nach seiner Militärkarriere geht Haig in die Politik.

Politik

Zu einer Kurzvisite trifft der deutsche Bundeskanzler Helmut Schmidt (SPD) in Moskau ein. Er ist auf dem Weg zum Weltwirtschaftsgipfel in Tokio. Dort beschließen die sieben führenden Industriestaaten ein Einfrieren der Rohölimporte bis zum Jahr 1985 auf den Stand von 1978. Ferner sollen verstärkt andere Energieträger, wie Kohle und Kernenergie zum Einsatz kommen.

Wetter

Hochsommerliche Temperaturen locken im Juni 1979 zu Spiel und Sport ins Freie. Die Durchschnittstemperatur liegt mit 18,4 °C fast 2 °C über dem langjährigen Mittelwert. Über dem Durchschnitt liegen auch die Umsätze der Eisdielen.

1980–1989

Highlights des Jahrzehnts

1980

- Golfkrieg zwischen Iran und Irak
- Gründung einer neuen Bundespartei: »Die Grünen«
- Bildung der polnischen Gewerkschaft »Solidarność«

1981

- Attentate auf US-Präsident Ronald Reagan, den Papst und Ägyptens Staatschef Anwar As Sadat
- Erster Start der wiederverwendbaren Raumfähre »Columbia«
- In den USA werden die ersten Fälle von AIDS bekannt
- Hochzeit des Jahres: Der britische Thronfolger Charles, Prince of Wales, heiratet Lady Diana

1982

- Krieg um die Falkland-Inseln
- Sozialliberale Koalition bricht auseinander; Helmut Kohl wird neuer Bundeskanzler
- Selbstjustiz vor Gericht: der »Fall Bachmeier«
- »E. T. – der Außerirdische« wird zum Kinohit

1983

- US-Invasion auf Grenada
- Skandal um gefälschte Hitler-Tagebücher
- Aerobic wird in der Bundesrepublik populär

1984

- Richard von Weizsäcker wird Bundespräsident
- Ermordung von Indiens Ministerpräsidentin Indira Gandhi, Nachfolger wird ihr Sohn Rajiv Gandhi

1985

- Michail Gorbatschow wird neuer Kremlchef
- Sensation: Boris Becker siegt als erster Deutscher in Wimbledon
- »Live-Aid-Concert« für Afrika

1986

- Attentat auf Schwedens Ministerpräsident Olof Palme
- Katastrophe im Kernkraftwerk Tschernobyl
- Explosion der US-Raumfähre »Challenger«
- Premiere des Musicals »Cats« in Hamburg

1987

- Widerstand gegen Volkszählung
- Barschel-Affäre in Kiel
- Matthias Rust landet mit einem Sportflugzeug auf dem Roten Platz in Moskau

1988

- Atommüllskandal in Hessen
- Ende des Golfkriegs
- Geiseldrama von Gladbeck als Medienspektakel
- Dopingskandal überschattet Olympische Spiele in Seoul
- Reagan und Gorbatschow vereinbaren Verschrottung atomarer Mittelstreckenraketen

1989

- Die DDR öffnet ihre Grenzen
- Blutbad auf dem Platz des Himmlischen Friedens in Peking
- Demokratisierungskurs im gesamten Ostblock
- »Exxon Valdez«: Ölpest vor Alaska

◀ **Seit 1983 ganz oben: Das »Material Girl« Madonna**

Mittwoch 25. Juni

Kultur

Im Iran werden alle Kinos geschlossen, bis neue Richtlinien für die Filmpolitik ausgearbeitet sind. Im Februar 1979 war Ayatollah Khomeini nach dem Sturz des Schah aus dem Pariser Exil zurückgekehrt und hatte begonnen, einen fundamentalistisch-islamischen Gottesstaat aufzubauen.

Technik

Neun Windkraftanlagen werden auf der Nordseeinsel Pellworm in Betrieb genommen. Die Möglichkeiten dieser Alternativenergie sollen in einem Versuch getestet werden.

Preise in den 80er Jahren

1 kg Butter	9,44
1 kg Mehl	1,36
1 kg Fleisch	11,83
1 l Vollmilch	1,22
1 Ei	0,26
10 kg Kartoffeln	8,84
1 kg Zucker	1,94
Stundenlohn	17,23

in DM, Stand 1985

Sport

Sieger der Transatlantik-Regatta der Einhandsegler ist der 65jährige US-Amerikaner Philip Welt. Mit dem 15 m langen Trimaran »Moxie« legt er die Strecke von Plymouth nach Newport in 18 Tagen zurück.

Wetter

Sommergefühle werden im Juni 1980 angesichts des anhaltenden Regenwetters im Keim erstickt.

Donnerstag 25. Juni

Kultur

In der Hamburger Staatsoper wird die Ballettversion der Matthäuspassion von Johann Sebastian Bach in einer Inszenierung von John Neumeier uraufgeführt.

Technik

Ein neues Verfahren zur Krebsfrüherkennung wird in Bonn vorgestellt. Es handelt sich um die Thermoregulationsdiagnostik, bei der erkrankte Hautteile aufgrund einer erhöhten Temperatur dargestellt werden können.

Sport

Der Dressurreiter Josef Neckermann, Chef des gleichnamigen Versandhauses, erklärt in Aachen seinen Rücktritt vom aktiven Sport. Er gewann sechs Olympia-, sechs Europa- und drei Weltmeisterschaftsmedaillen. Neckermann ist Vorsitzender der Deutschen Sporthilfe.

Wetter

Kein Monat für Sonnenhungrige ist der Juni 1981. Die Sonnenscheindauer liegt mit 175 Stunden deutlich unter dem Mittel von 244 Sonnenstunden. Regional kommt es zu starken Regengüssen.

Freitag 25. Juni

Politik

Eine Neuregelung der Asylverfahren verabschiedet der Bundestag mit großer Mehrheit. Es soll eine zügigere Behandlung von Asylanträgen ermöglichen, vor allem solcher, die »offensichtlich unbegründet« sind.

Kultur

Auffällig unauffällig: So stellt sich die lässige Frau der 80er ihre Mode zusammen

Der Film »Die bleierne Zeit« von Margarethe von Trotta wird im Rahmen des deutschen Filmpreises mit dem »Filmband in Gold« ausgezeichnet, das mit einem Preisgeld von 400 000 DM dotiert ist.

Technik

Nach neunjähriger Bauzeit wird der 372 Mio. DM teure Furka-Tunnel, eine Eisenbahnverbindung zwischen den Schweizer Kantonen Graubünden und Wallis, eröffnet.

Wetter

Angenehmes Sommerwetter charakterisiert den Juni 1982. Mit 17,2 °C liegt die Durchschnittstemperatur um 0,7 °C über dem Mittelwert.

Samstag 25. Juni

Politik

Beim Besuch des US-Vizepräsidenten George Bush in Krefeld demonstrieren 20 000 Menschen gegen die Nachrüstung mit Mittelstreckenraketen. Bush nimmt an einem Festakt zur 300-Jahr-Feier der ersten deutschen Auswanderung nach Amerika teil, die von Krefeld ihren Ausgang nahm.

Leger und bequem: Herrenmode im Oversize-Stil mit Jackenmantel

Sport

Michael Groß schwimmt bei den Deutschen Meisterschaften in Hannover mit 1:48,22 min einen Weltrekord über 200 m Freistil.

Sport

Ohne echte Konkurrenz: Deutschlands Dressur-Equipe wird zum zehnten Mal hintereinander beim Reitturnier in Aachen Europameister.

Wetter

Ohne Regenschirm kommt man problemlos durch den sonnigen Juni 1983. Die monatliche Niederschlagsmenge beträgt mit 15 mm weniger als ein Viertel des langjährigen Durchschnittswerts.

Montag 25. Juni

Politik

Das Amt des NATO-Generalsekretärs in Brüssel übernimmt der Brite Peter Alexander Lord Carrington. Er löst den Niederländer Joseph Luns ab.

Gesellschaft

In Bonn und Saarbrücken reifen Entschlüsse. Am folgenden Tag treten sowohl Bundeswirtschaftsminister Otto Graf Lambsdorff (FDP) wegen der Flick-Spendenaffäre als auch Bundestrainer Jupp Derwall (DFB) wegen des schlechten Abschneidens bei der Fußball-Europameisterschaft zurück.

Technik

Auf der multilateralen Umweltkonferenz in München, an der Delegierte aus 31 Nationen teilnehmen, einigen sich 13 westliche Staaten auf die Reduzierung der Schwefel-Emissionen. Bis spätestens 1993 sollen diese um mindestens 30% auf die Werte von 1980 abgesenkt werden.

Sport

Sonnenanbeter verzweifeln im Juni 1984. Die tatsächliche Sonnenscheindauer liegt mit lediglich 128 Stunden dramatisch unter dem langjährigen Mittelwert von 244 Stunden.

Dienstag 25. Juni

Politik

Als erstes Bundesland hebt das Saarland den sog. Radikalenerlaß zur Überprüfung der Verfassungstreue von Bewerbern im öffentlichen Dienst auf. Um »Verfassungsfeinde« aus dem öffentlichen Dienst fernzuhalten, hatten am 28. Januar 1972 der damalige Bundeskanzler Willy Brandt (SPD) und die Ministerpräsidenten der Bundesländer Grundsätze beschlossen, die als Basis für die Prüfung von Bewerbern dienten. Bis 1985 sollen etwa 6800 Bewerber abgelehnt worden sein.

Sonnenkraft im Dienst des Rennsports: Die erste Rallye für Solarmobile findet in der Schweiz statt. Die Schweizer Vereinigung für Sonnenenergie will damit die Anwendung der Sonnenenergie populär machen.

Politik

Der portugiesische Ministerpräsident Mario Soares reicht seinen Rücktritt ein. Zuvor war die Regierungskoalition durch den Austritt der Sozialdemokraten zerbrochen.

Wetter

Warm anziehen heißt die Devise im Juni 1985. Mit 14,6 °C liegt die mittlere Temperatur fast 2 °C unter dem langjährigen Durchschnittswert. Auch läßt sich die Sonne nur 156 Stunden blicken, fast 90 Stunden weniger als üblich.

1986

Mittwoch 25. Juni

Sport

Im Halbfinale der Fußball-Weltmeisterschaft schlägt die deutsche Elf durch Tore von Andreas Brehme und Rudi Völler Frankreich 2:0 und qualifiziert sich damit zum fünften Mal für ein Weltmeisterschaftsfinale. Gegner ist Argentinien. Zuvor hatte sich die DFB-Auswahl im Achtelfinale mit 1:0 gegen Marokko und im Viertelfinale mit 4:1 nach Elfmeterschießen (0:0 nach Verlängerung) gegen Gastgeber Mexiko durchgesetzt.

Stars der 80er Jahre

Richard Gere
Filmschauspieler
Madonna
Sängerin
Harrison Ford
Filmschauspieler
Jodie Foster
Filmschauspielerin
Michael Jackson
Sänger

Politik

DDR-Staats- und Parteichef Erich Honecker trifft zu einem dreitägigen Besuch in Schweden ein. Vertreter beider Länder unterzeichnen im Rahmen dieses offiziellen Besuchs Verträge zum Ausbau des Handels.

Wetter

Über einen angenehm warmen Juni 1986 mit einer Temperatur von durchschnittlich 17,4 °C können sich die Ausflügler in Deutschland freuen. Leider messen die Meteorologen 85 mm Niederschlag. Der langjährige Mittelwert liegt bei 62 mm.

Donnerstag 25. Juni

Gesellschaft

Papst Johannes Paul II. empfängt im Vatikan den österreichischen Bundespräsidenten Kurt Waldheim zu einer Audienz. Er würdigt dessen Wirken um den Frieden als ehemaliger Generalsekretär der Vereinten Nationen. Gegen das Treffen mit Waldheim, der wegen seiner Wehrmachts-Vergangenheit kritisiert wird, gibt es heftige internationale Proteste, vor allem aus Israel.

Gesellschaft

Tausende Jugendliche fordern von der DDR-Regierung am zweiten Tag des evangelischen Kirchentags der DDR in Ost-Berlin u.a. die Möglichkeit, den Dienst in der Volksarmee zu verweigern sowie die gesellschaftliche Umgestaltung im Sinne von »Glasnost« und »Perestroika«. Erstmals seit 1961 wird in der DDR wieder ein evangelischer Kirchentag veranstaltet, der zum Forum der kritischen jungen Generation wird.

Wetter

Eine insgesamt kühle Witterung kennzeichnet den Juni 1987. Die Sonne scheint mit 155 Stunden 89 Stunden weniger als im langjährigen Mittel. Die Durchschnittstemperatur liegt bei nur 14,9 °C, der langjährige Mittelwert hingegen bei 16,5 °C.

Samstag 25. Juni

Sport

Durch einen 2:0-Endspielsieg gegen die Auswahl der UdSSR wird die niederländische Fußball-Nationalmannschaft in München Europameister. Die Holländer hatten im Halbfinale die Auswahl des DFB mit 2:1 ausgeschaltet. Gegen den Supersturm mit Marco van Basten und Ruud Gullit blieben die Deutschen fast chancenlos.

Politik

Als erste Frau, die einem SPD-Landesverband vorsteht, wird Traute Müller zur Vorsitzenden der Sozialdemokraten in Hamburg gewählt.

Gesellschaft

Papst Johannes Paul befindet sich auf einer Visite in Österreich. Es ist seine insgesamt 38. Auslandsreise. Das Kirchenoberhaupt besucht u.a. das ehemalige KZ Mauthausen und führt Gespräche mit Vertretern der jüdischen Gemeinde.

Wetter

Viel Regen und wenig Sonne bringt der Juni 1988. Die Niederschlagsmenge liegt mit 103 mm weit über dem langjährigen Mittel von 62 mm. Die Sonne lacht nur 174 Stunden, 70 Stunden weniger als normal.

Sonntag 25. Juni

Politik

Als erstes Bonner Regierungsmitglied seit elf Jahren trifft Bundesarbeitsminister Norbert Blüm (CDU) zu einem privaten Besuch in Südafrika ein. Gegenüber Staatspräsident Pieter Wilhelm Botha spricht Blüm auch Menschenrechtsfragen an. Er bekräftigt seine Forderung nach einem Ende der Apartheid und der weißen Alleinherrschaft in Südafrika. Ein Treffen mit dem inhaftierten Schwarzenführer Nelson Mandela wird ihm verwehrt.

Politik

Bei den ersten freien Präsidentenwahlen in Äquatorialguinea seit der Unabhängigkeit 1968 wird der seit 1979 diktatorisch regierende Staatschef Oberst Teodoro Obiang Nguema Mbasogo mit überwältigender Mehrheit in seinem Amt bestätigt.

Wetter

Warmes und trockenes Wetter verleiht dem Juni 1989 einen fast hochsommerlichen Charakter. Die Temperatur beträgt im Mittel 17,1 °C. Es fällt nur 37 mm Regen, 25 mm weniger als im langjährig ermittelten Durchschnitt.

Rekorde in den 80er Jahren

1500 m: S. Aouita (MAR) – 3:29,46 min (1985)
Stabhochsprung: Sergej Bubka (URS) – 6,00 m (1985)
100 m: Florence Griffith (USA) – 10,49 sec (1988)
Hochsprung: Javier Sotomayor (CUB) – 2,44 m (1989)

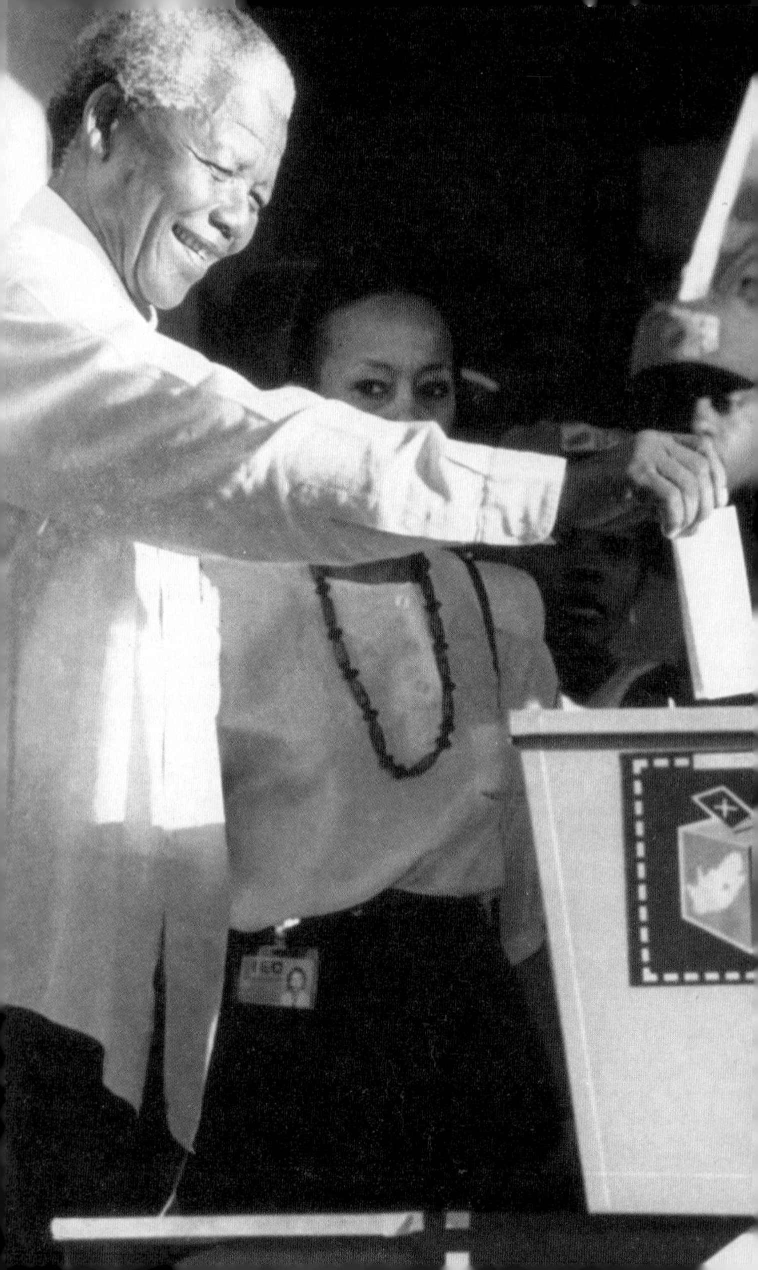

1990–1996

Highlights des Jahrzehnts

1990

- Wiedervereinigung Deutschlands
- Südafrika: Nelson Mandela nach 27jähriger Haft freigelassen
- Irakische Truppen überfallen das Emirat Kuwait
- Gewerkschaftsführer Lech Walesa neuer polnischer Präsident
- Litauen erklärt Unabhängigkeit
- Deutsche Fußballnationalelf zum dritten Mal Weltmeister
- Star-Tenöre Carreras, Domingo und Pavarotti treten gemeinsam auf

1991

- Alliierte befreien Kuwait und beenden Golfkrieg
- Auflösung des Warschauer Pakts
- Bürgerkrieg in Jugoslawien
- Auflösung der Sowjetunion – Gründung der GUS
- Sensationeller archäologischer Fund: »Ötzi«
- Vertrag von Maastricht
- Sieben Oscars für Kevin Costners »Der mit dem Wolf tanzt«
- Bürgerkrieg in Somalia
- Frieden im Libanon

1992

- Abschaffung der Apartheid-Politik in Südafrika
- Entsendung von UNO-Blauhelmsoldaten nach Jugoslawien
- Tod des ehemaligen Bundeskanzlers Willy Brandt
- Bill Clinton zum 42. US-Präsidenten gewählt
- In Hamburg wird mit Maria Jepsen zum ersten Mal eine Frau Bischöfin
- Fertigstellung des Rhein-Main-Donau-Kanals

1993

- Teilung der ČSFR in die Tschechische und die Slowakische Republik
- Rechtsradikale Gewaltakte gegen Ausländer
- Gaza-Jericho-Abkommen zwischen Israel und der PLO
- Skandal um HIV-Blutplasma
- Einführung von fünfstelligen Postleitzahlen im Bundesgebiet
- Sexskandal um Pop-Star Michael Jackson

1994

- Nelson Mandela erster schwarzer Präsident Südafrikas
- Fertigstellung des Eurotunnels unter dem Ärmelkanal
- Über 900 Todesopfer beim Untergang der Fähre »Estonia«
- Abzug der letzten russischen Truppen aus Berlin
- Michael Schumacher erster deutscher Formel-1-Weltmeister

1995

- Weltweite Proteste gegen französische Atomversuche im Pazifik
- Giftgasanschlag in Tokio
- Einführung von Pflegeversicherung und Solidaritätszuschlag
- Verpackungskünstler Christo verhüllt den Berliner Reichstag
- Ermordung des israelischen Regierungschefs Yitzhak Rabin
- Friedensvertrag für Bosnien

1996

- Arafat gewinnt Wahlen in Palästina
- IRA kündigt Waffenstillstand auf
- 100 Jahre Olympia: Jubiläumsspiele der Superlative in Atlanta

◀ **Verkörperung des neuen Südafrika: Nelson Mandela bei den Wahlen 1994**

Montag 25. Juni

Politik

Die Staats- und Regierungschefs der EG beschließen bei einem Gipfeltreffen in Dublin, daß noch 1990 die Vorarbeiten für eine politische Union beginnen sollen. Die Gipfelteilnehmer befürworten zwar die Wirtschaftshilfe für die UdSSR, können sich aber nicht auf eine Soforthilfe einigen.

Politik

Rita Süssmuth und Sabine Bergmann-Pohl, Präsidentinnen des Deutschen Bundestages und der DDR-Volkskammer, reisen zu einem gemeinsamen Besuch nach Israel. Sie betonen die Verantwortung Gesamtdeutschlands für den jüdischen Staat.

Politik

Bei schweren Unruhen in der sambischen Hauptstadt Lusaka kommen mehr als 30 Menschen um. Die Auseinandersetzungen hatten sich an der Verdoppelung der Preise für Maismehl entzündet.

Wetter

Ein Regenschirm gehört im Juni 1990 zu den wichtigsten Ausgeh-Utensilien. Die Niederschlagsmenge übertrifft mit 158 mm den langjährigen Mittelwert um mehr als das Doppelte.

Dienstag 25. Juni

Politik

Ihre Unabhängigkeit erklären die jugoslawischen Teilrepubliken Kroatien und Slowenien. Beide begründen ihren Schritt damit, daß mit den Serben keine Einigung über eine gleichberechtigte Konföderation erzielt werden konnte. Der Austritt führt zum Krieg mit dem von Serbien dominierten Bundesheer und serbischen Freischärlern.

Politik

Bundespräsident Richard von Weizsäcker (CDU) stattet erstmals Italien einen Staatsbesuch ab.

Gesellschaft

Nach der Kontrolle der Konten der SED-Nachfolgepartei PDS übernimmt die Treuhandanstalt auch die Verwaltung aller Liegenschaften aus dem Vermögen der SED-PDS.

Stars der 90er Jahre

Kevin Costner
Filmschauspieler
Julia Roberts
Filmschauspielerin
Whitney Houston
Sängerin
Michael Schumacher
Rennfahrer
Luciano Pavarotti
Sänger

Wetter

Die kühle Schulter zeigt der Juni 1991, indem er mit 15,0 °C ganze 2,6 °C unter dem langjährigen Mittelwert bleibt. Die Sonne scheint nur 213 Stunden.

Donnerstag 25. Juni

Politik

Elf Staats- und Regierungschefs aus Ländern der Schwarzmeerregion unterzeichnen im türkischen Istanbul eine »Deklaration über wirtschaftliche Zusammenarbeit am Schwarzen Meer«.

Preise in den 90er Jahren

1 kg Butter	8,20
1 kg Mehl	1,21
1 kg Fleisch	12,85
1 l Vollmilch	1,33
1 Ei	0,27
10 kg Kartoffeln	10,30
1 kg Zucker	1,92
Stundenlohn	24,91

in DM, Stand 1993

Sport

Am Tag vor dem Finale der Fußball-Europameisterschaft in Schweden herrscht im Quartier der deutschen Nationalmannschaft gespannte Ruhe. Bei einem Sieg könnte es erstmals gelingen, daß sich der amtierende Weltmeister auch mit der europäischen Fußballkrone schmückt. Die Hoffnung zerplatzt am nächsten Tag, als die spielfreudigen Dänen ihren südlichen Nachbarn mit 2:0 besiegen. Sie feiern mit dem Finalsieg ihren bisher größten Erfolg.

Wetter

Ein Jahrhundert-Juni als Auftakt für einen Rekordsommer sorgt für ergiebigen Gesprächsstoff. Die Temperatur im Juni 1992 liegt 2,9 °C über dem langjährigen Mittelwert. Mit 11 mm Niederschlag fällt nur rund ein Siebtel der üblichen Regenmenge.

1993

Freitag 25. Juni

Politik

Politikerinnen setzen in Kanada und der Türkei Akzente. In Ottawa wird Kim Campbell als erste kanadische Ministerpräsidentin vereidigt, während in Istanbul die erste türkische Regierungschefin Tansu Çiller ihr Kabinett präsentiert.

Politik

Rudolf Scharping, rheinland-pfälzischer Ministerpräsident wird auf einem Sonderparteitag der SPD in Essen mit 78,5% der Stimmen zum Chef der Sozialdemokraten gewählt.

Gesellschaft

Zum Abschluß der UNO-Menschenrechtskonferenz in Wien bleibt die Forderung nach einem Gerichtshof und einem Hochkommissariat für Menschenrechte unerfüllt.

Wetter

Etwas kühl und regnerisch ist der Juni 1993. Bei leicht überdurchschnittlicher Regenneigung mit 86 mm Niederschlag scheint die Sonne nur 201 Stunden, fast 50 Stunden weniger als üblich.

Rekorde in den 90er Jahren

Weitsprung: Mike Powell (USA) – 8,95 m (1991)
110 m Hürden: Colin Jackson (USA) – 12,91 sec (1993)
Skifliegen: E. Bredesen (NOR) – 209 m (1994)
Dreisprung: J. Edwards (GBR) – 18,29 m (1995)

Samstag 25. Juni

Politik

Rd. 50 000 Kurden aus dem In- und Ausland demonstrieren gegen deutsche Waffenlieferungen in die Türkei und für eine friedliche Lösung des Kurdenproblems. Bei einer Großoffensive der türkischen Armee gegen kurdische Separatisten wurden nach Angaben einer deutschen Beobachtergruppe vom April 1994 auch deutsche Waffen eingesetzt.

Politik

Krawatte ist kein Muß mehr: Anzug mit zweireihigem Sakko

In Sachsen-Anhalt geht der Wahlkampf zu Ende. Am Wahlsonntag büßt die konservativ-liberale Regierungskoalition durch das Ausscheiden der FDP ihre Mehrheit ein. Mit Duldung der PDS bildet SPD-Spitzenkandidat Reinhard Höppner eine rot-grüne Minderheitsregierung.

Wetter

Ein angenehmer Juni mit einer leicht überdurchschnittlichen mittleren Temperatur von 16,9 °C lädt 1994 zum Verweilen im Freien ein. Störende Regengüsse sind kaum zu erwarten, da die Niederschlagsmenge mit 35 mm um mehr als 50% unter dem langjährig ermittelten Durchschnitt liegt.

Sonntag 25. Juni

Politik

Als erste Frau setzt sich bei der ersten Direktwahl des Oberbürgermeisters in Frankfurt am Main die CDU-Kandidatin Petra Roth mit 51,9% der Stimmen gegen Amtsinhaber Andreas von Schoeler (SPD) durch. Ein rot-grüner Koalitionskrach und die Kündigung des Bündnisses im März war der Neuwahl vorausgegangen. Streitpunkt waren der an der SPD im Stadtparlament gescheiterte Versuch der Wiederwahl einer von den Grünen nominierten Gesundheitsdezernentin.

Für die heißen Sommer der 90er Jahre: Kleid mit Bustieroberteil

Politik

Mit einem Stimmenanteil von 53,5% lehnen die Schweizer Stimmbürger eine vom Parlament gebilligte Lockerung der gesetzlichen Restriktionen für den Grunderwerb von Ausländern ab.

Wetter

Etwas zu kühl und regnerisch präsentiert sich der Juni 1995. Die Regenmenge liegt mit 93 mm klar über dem Mittel von 76 mm. Die Sonne scheint nur 187 Stunden (Durchschnittswert: 248 Stunden).

Dienstag 25. Juni

Mittwoch 25. Juni

Dienstag 25. Juni

Lazare Hoche

***25.6.1768, Montreuil bei Versailles**

Der französische General war einer der bedeutendsten Feldherren der französischen Republik. Als Leutnant verteidigte der glühende Anhänger der Revolution erfolgreich Dünkirchen und wurde zum General befördert. Er kommandierte die Mosel- und die Rheinarmee und zeichnete sich als energischer Truppenführer aus. Sein Kommando in der Bretagne gab er ab, als der Konvent ihm befahl, gefangene französische Emigranten niederzumetzeln. An der Spitze der französischen »deutschen Armee« starb er 1797, im Alter von nur 29 Jahren.

Donnerstag 25. Juni

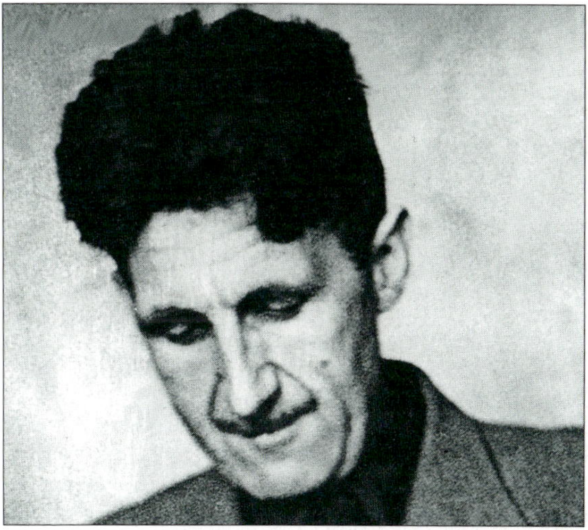

George Orwell

***25.61903, Motihari/Bengalen (Indien)**

Der britische Schriftsteller, der hauptsächlich als politischer Publizist tätig war, entwarf mit seinem Roman »1984« (1949) die bis heute gültige, düstere Zukunftsvision eines totalitären Überwachungsstaates im modernen Informationszeitalter. Auch seine satirische Fabel »Die Farm der Tiere« (1945) nahm Bezug auf krankhafte Entgleisungen der politischen Realität, indem sie die Entstehung einer stalinistischen Gewaltherrschaft unter den Tieren eines Bauernhofes schildert. Der Sozialist, der jahrelang in Armut lebte, starb 1950.

Mittwoch 25. Juni

Sidney Lumet

***25.6.1924, Philadelphia/Penns. (USA)**

Der spätere Starregisseur, der vor allem durch gekonnte Thriller und spannende Justizfilme auf sich aufmerksam machte, war bereits mit zwölf Jahren ein Kinderstar am Broadway. Lumet begann als Theater- und Fernsehregisseur, ehe er in seinem Debüt-Kinofilm »Die zwölf Geschworenen« Hauptdarsteller Henry Fonda zu einer Spitzenleistung führte. 1956-63 war er mit der Modeschöpferin Vanderbilt verheiratet. Für »Network« (1976), eine Satire auf die kommerziellen Machenschaften des US-Fernsehens, fuhr Lumet vier Oscars ein.

Freitag 25. Juni

Ingeborg Bachmann

***25.6.1926, Klagenfurt**

Alljährlich wird in ihrer Geburtsstadt ein nach ihr benannter Literaturpreis vergeben. Das teilweise schwer zugängliche Werk der österreichischen Lyrikerin vereinte sprach- und bildschöpferische Intensität mit verschlüsselter Gedankenlyrik voller Melancholie. Sie gehörte zur »Gruppe 47«, die ihren ersten Gedichtband »Die gestundete Zeit« (1953) auszeichnete. Ihr Zyklus »Todesarten«, den sie 1971 mit dem autobiographischen Roman »Malina« eröffnete, blieb unvollendet. Unter tragischen Umständen starb sie 1973 nach einem Zimmerbrand.

Dienstag 25. Juni

George Michael

***25.6.1963, Radlett (Großbritannien)**

Der Brite mit dem gestylten Drei-Tage-Bart gehörte zu den weltweit erfolgreichsten Solisten der 80er Jahre. Als Sänger des Erfolgsduos »Wham« landete er mit seinem Partner Andrew Ridgley zwischen 1982 und 1986 mehrere Hits und verkaufte weltweit über 40 Mio. Platten. Daneben war der Leder-Macho mit Solo-Singles erfolgreich, etwa »Careless whisper« (1984) und »Different corner« (1986). Nach der Auflösung von »Wham« machte er mit dem Song »I want your sex« und dem Solo-Album »Faith« von sich reden.

Impressum

Autoren:	Johannes Ebert, Andreas Schmid
Redaktion:	txt redaktionsbüro ebert & schmid, Lünen
Bildredaktion:	Sonja Rudowicz
Umschlaggestaltung und Layout:	Pro Design, München
Satz:	Druck & Litho Reichenberg GmbH, Bocholt
Druck:	Brepols, Turnhout

Abbildungsnachweis: Bertelsmann Lexikon Verlag, Gütersloh: 128; Interfoto, München: 129, 130, 131; Public Address, Hamburg: 132.
Modefotos 1900 - 30er Jahre, Damenmode 40er Jahre, Damenmode 50er Jahre: Bertelsmann Lexikon Verlag, Gütersloh; Modefotos Herrenmode 40er Jahre, Herrenmode 50er Jahre, 60er - 90er Jahre: Prof. Dr. Ingrid Loschek, Boxford.
Alle übrigen Abbildungen: Bettmann Archive/UPI/Reuters/John Springer Coll., New York.

Trotz größter Sorgfalt konnten die Urheber des Bildmaterials nicht in allen Fällen ermittelt werden. Wir bitten gegebenenfalls um Mitteilung.

ISBN 3-577-30625-4

DIE PERSÖNLICHE CHRONIK

Vom 1. Januar bis zum 31. Dezember

Individuelle Bücher – für jeden Tag des Jahres eines. Mit allen wichtigen Ereignissen, die sich genau an diesem besonderen Tag während der Jahre unseres Jahrhunderts zugetragen haben. Doch trotz all der großen Ereignisse des Weltgeschehens – es gibt immer auch persönlich wichtige Daten für jeden einzelnen Menschen, sei es ein Geburtstag, Hochzeitstag, Erinnerungstag oder der Tag, an dem eine entscheidende Prüfung bestanden wurde. So wird aus einem Tag im Spiegel des Jahrhunderts zugleich auch ein »persönlicher« Tag. Und endlich gibt es für all diese Anlässe das richtige Buch, das passende Geschenk!

Persönliches Horoskop

Was sagen die Sterne zu den jeweiligen Tagen? Außerdem erfahren Sie, welche bekannten Menschen unter dem gleichen Sternzeichen geboren wurden.

CHRONIK-BIBLIOTHEK DES 20. JAHRHUNDERTS

Von 1900 bis zur Gegenwart

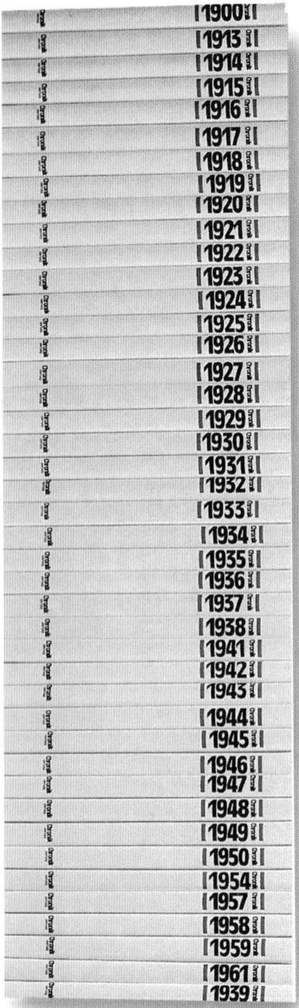

Die »Chronik-Bibliothek« ist die umfassende Dokumentation unseres Jahrhunderts. Für jedes Jahr gibt es einen eigenen, umfangreichen und zahlreich – überwiegend farbig – bebilderten Band. Tag für Tag wird dabei das Weltgeschehen in Wort und Bild nachgezeichnet – jetzt lückenlos bis in die Gegenwart. Sie können das jeweilige Jahr in chronologischer Folge an sich vorüberziehen lassen, aber die »Chronik« auch als Nachschlagewerk oder als Lesebuch benutzen. Ein prachtvolles Geschenk – nicht nur für Jubilare. Und wer die »Chronik-Bibliothek« sammelt, erhält ein Dokumentationssystem, wie es in dieser Dichte und Genauigkeit sonst nicht zu haben ist.